장편소설

하늘나라
극락과 천국

조창조 장편소설

하늘나라 극락과 천국
(상)

신아출판사

〈 1 〉

 휘영청 둥근 보름달은 넘어가고 찬란한 태양이 온 세상을 품어 안을 것처럼 빛을 뿌리고 세상이 아름다워 활짝 웃고 있는데 종달새도 찬란한 태양 따라 즐거워 하늘 높이 떠 삘릴리, 삘릴리 노래를 부르고 있었다.
 "종달새야, 너는 뭐가 즐거워 노래를 부르고 있느냐? 나는 빚에 시달려 이리 피하고 저리 피하다보니 하루도 세상 살아가기가 너무 힘들어 저승 문을 두드리고 있는데 너는 한가하게 노래를 부르고 있구나?"
 나는 종달새한테 한풀이를 하며 다대포 몰운대 화선대 꼭대기 바위 언덕에 앉아 뛰어내릴까 말까 망설이고 있었다.
 '내가 세상에 무슨 미련이 있다고 주저하고 있느냐? 어차피 한 번은 떠나야 할 목숨, 그냥 눈 딱 감고 떠나가자.'
 나는 거기까지 생각이 들자 지금이다 생각을 하고 손수건을 꺼내 눈을 가리고 막 뛰어내리려는 순간, 어디선가 말하는 소리가 들려왔다.

"바보 머저리, 너는 지금은 갈 때가 아니다. 저 하늘을 봐라."

"어매, 이 무슨 소리냐? 여기는 개미 새끼 한 마리도 없는데 누가 한 소리냐?"

나는 얼른 눈을 가린 손수건을 풀고 하늘을 보는데 조금 전만 해도 없었던 찬란한 쌍무지개가 내가 있는 곳에서 동쪽 하늘에 화려하게 수놓고 있었고, 백조 일곱 마리가 죽지 말라는 듯 끼욱끼욱 소리를 지르며 날아가고 있었다.

"그것 참 묘한 일이군. 어떻게 이런 일이 있다는 것이냐? 조금 전만 해도 없었던 일인데 눈 깜짝한 순간에 쌍무지개가 화려하게 피어 있다니? 그리고 저 백조 일곱 마리는 나를 비웃는 듯 날아가고 있는데 내가 꿈을 꾸고 있는 것도 아니고 이런 꿈같은 일이……. 그리고 나보고 지금은 갈 때가 아니라고 한 말은 누가 한 소리냐?"

나는 주위를 둘러보았지만 소나무들만 바람에 춤을 추고 있었다.

"분명히 누군가 말한 것 같은데 말한 사람은 흔적도 없다니? 그럼, 귀신이 말했다는 것이냐, 아니면 가는 세월이 말했다는 것이냐? 그것도 아니면 내가 허하다 보니 환청을 들었다는 것이냐? 아니야. 그럴 리 없다. '너는 지금은 갈 때가 아니다.' 그 소리를 똑똑히 들었다. 그렇다면 내가 살아야 한다는 것이냐,

아니면 나를 가지고 귀신이나 세월이 장난을 치고 있다는 것이 냐? 헷갈려 종잡을 수가 없는데 내가 어떻게 해야 하느냐? 그래, 맞아. 내가 살아온 세월처럼 세월이 장난을 치고 있는 것 같은데 내 인생 변할 리 없다."

나는 더 이상 길이 없다고 생각하고 손수건으로 다시 눈을 가리고 막 절벽 아래로 뛰어내리려는데 이번에는 옛날, 아주 옛날에 3일간의 불장난으로 끝난 그 여자 생각이 주마등처럼 떠오르고 있었다.

"왜 이 마당에 그 여자가 떠오른 것이냐? 죽은 애 엄마도 아니고…… 이것은 예사롭지 않은 일인데……. 그 여자를 잡지 못해 내가 이 모양으로 살았다는 것인가? 아니야. 그것은 아닐 것이다. 어젯밤에 애 엄마도 꿈에 나타났으니 내가 갈 때가 되어 그럴 수도 있을 것이다."

나는 한숨을 쉬고 다시 절벽 아래로 뛰어내리려는데 누군가 뒤에서 나를 붙잡는 사람이 있었다.

"불자님, 이러지 말아요! 왜 죽으려고 하세요? 이 좋은 세상 악착같이 살아야지요."

"누구신지 모르나 나를 놓아주세요. 나는 죽어야 할 사람입니다."

"불자님, 죽어야 할 사람이 따로 있고 살아야 할 사람이 따로 있나요? 그냥 세상에 살아 있어 세상이 아름답다 생각하고 사는 것이지요."

"이봐요, 그렇게 살 수 없어 저세상으로 가는 것이니 제발 나를 놓아주세요."

"불자님, 이 세상 사람 비바람 맞지 않고 사는 사람은 없어요. 내 팔자다 생각하고 사는 것이지요."

"당신은 누구예요? 제법 잘난 척하고 있는데 죽기 싫으면 나를 놓아요. 그러다 당신까지 죽을 수 있어요."

나는 내 허리를 잡고 있는 팔을 뿌리치지만 그 사람은 더 힘을 줘 나를 붙잡고 울면서 살라고 애원하고 있었다.

"불자님, 아무리 어려워도 살아 있다는 것은 행복한 거예요. 우리 같이 마음을 비우고 부처님을 믿으며 살아요."

"누군지 모르나 당신, 나를 가지고 놀고 있는 거예요? 앞길이 캄캄할 때 마지막으로 이 길을 선택하는 거예요. 오지랖 떨지 말고 나를 이대로 떠나게 해주세요."

"불자님, 우리 인생 몇 백 년, 몇 천 년을 사는 것도 아니고 구름처럼 잠시 떠 있다 사라지는데 뭘 그리 선급하게 마음을 먹고 그러세요? 저승에서 1순위로 지옥에 떨어지는 것이 하늘에서 준 목숨 다 살지 못하고 자살하는 행위에요."

"그것은 맞아요. 나도 살고 싶어요. 그러나 살 수가 없어요.

그래서 마지막으로 선택하는 것이에요. 내 마지막 가는 길을 당신이 보는 것도 어쩌면 당신과 내가 인연이 있어서 그런 것 같은데 얼굴 한 번 보고 싶군요."

나는 눈을 가린 손수건을 살짝 내리고 뒤를 보는데 털모자를 쓰고 있고 마스크를 하고 있어 얼굴을 제대로 볼 수 없어 여자인지 남자인지 제대로 구분할 수 없었다.

"여자인지 남자인지 모르나 승복을 입고 있어 스님 같은데 어쩜 힘이 그리 황소 힘이에요? 엔간한 사람은 스님한테 당할 수 없겠네요?"

"불자님, 어쩌겠어요? 사람을 살려야 하는데……. 죽기 살기로 젖 먹던 힘까지 낸 것이지요."

스님은 안심이 되는지 팔을 풀고 피식피식 웃고 있었다.

"스님, 아무튼, 이 세상에서 잠시라도 천상의 아름다운 음악 같은 바람소리, 물소리, 새소리를 더 듣게 되어 고맙군요."

"불자님, 세상에 인연이 있어 태어났는데 가는 날까지 지혜롭게 살다 가야지요."

"스님, 나를 살려준 은혜는 고마우나 화가 나니까 더 이상은 아무 말 하지 말아요. 그리고 잠시 동안이지만 스님 덕분에 내가 행복을 느꼈는데 먼 훗날 저승에서 만난다면 이 은혜는 보답하겠습니다. 내 이름은 조성두나임니다."

나는 말을 하고 스님이 한 눈 팔고 있을 때 절벽 아래로 뛰어 내려 버렸다.

"저런, 저런. 하나뿐인 목숨을 헌신짝 버리듯 버리다니……. 그래, 이렇게 가야 할 운명이라면 어쩔 수 없지. 나무아미타불 관세음보살."

스님은 산을 내려가 시체를 찾아볼까 했지만 여자의 몸으로 내려갈 수 없어 울면서 한참을 발만 동동 구르다가 산을 내려오고 있었는데 그때 119 구급차가 요란한 소리를 지르며 조성두 나를 싣고 병원으로 가고 있었다.

"안영선 권사님, 그 사람 죽은 것은 아니겠지요?"

"김미란 집사님, 목숨은 붙어 있는 것 같았어요. 살 운명이라면 살겠지만 온몸이 성한 데가 없이 망가졌는데 살겠어요? 아마 병원에 도착하기 전에 죽을 거예요. 무슨 사연이 있는지 모르나 안 됐어요. 우리가 신고를 했으니 조만간 연락이 오겠지요."

"권사님, 그나저나 누구와 다투다 절벽에서 떨어진 것 아닐까요?"

김미란 집사는 뒤따라오는 스님을 힐끔힐끔 쳐다보며 말하고 있었다.

"김미란 집사님, 어쩌면 그럴 수도 있겠네요. 요즘 같은 좋은 세상에 한 번 가면 다시 돌아올 수 없는 그 길을, 어느 바보가 스스로 목숨을 던지는 그런 짓을 하겠어요? 누구와 다투다 떨어진 것이 틀림없어요."

"권사님, 맞아요. 천벌 받을 짓을 한 사람은 누굴까요? 한 번 보고 싶네요."

"집사님, 경찰들이 조사할 테니 곧 보게 되겠지요. 집사님, 우리가 그 사람 마지막 가는 길을 보게 되었는데 그 사람과 인연이 있는 것 같으니 우리 교회에 가서 그 사람 명복이나 빌어줍시다."

"권사님, 그래요. 그럽시다."

김미란 집사는 말을 하고 몇 발짝 걷다가 넘어지고 말았다.

'내가 왜 이러지? 힘이 하나도 없고 온몸이 축 처지는 것이 정말 이상하군. 그리고 왠지 그 사람이 불쌍하다는 생각이 자꾸 내 머릿속에서 떠나지 않고 뱅뱅 돌고 있는데 그것 참, 묘한 일이군.'

"권사님, 아무래도 나는 경찰서로 가야겠어요. 피투성이가 되어 얼굴은 보지 못했지만 그 사람이 살았는지 죽었는지 궁금해 살 수가 없군요. 어느 병원으로 갔는지 알아 찾아 가봐야겠어요."

"집사님, 지금은 아니에요. 그 사람이 살아 있다면 지금쯤 병

1. 11

원 수술실에 들어가 있을 텐데 볼 수 있겠어요? 집사님이 독하지 못해 그런 생각을 하는 것 같은데 어쩌면 집사님과 그 사람이 전생에 인연이 있었던 것 같군요."

"안영선 권사님, 그래요. 그런 것 같아요. 내 이런 마음은 처음이지만 어쩐지 자꾸 그 사람 생각에 발걸음이 떨어지지 않는데 나도 왜 그런지 모르겠어요."

"교회 집사님 같은데 그 사람이 살아 있고 인연이 있다면 언제든 다시 만날 거예요. 너무 성급하게 생각하지 말아요."

"스님, 스님은 도대체 누구예요? 아까부터 우리 뒤를 촐랑촐랑 따라오면서 무언가 염탐하는 것 같은데 혹시 스님과 그 사람이 다투다 일어난 사고가 아니에요?"

"집사님, 나도 그 사람이 손수건으로 얼굴을 가리고 있어서 자세히 보지는 못했지만 순간적으로 일어난 일이라 절벽으로 떨어지는 것을 막을 수 없었어요. 나한테도 책임이 없다고는 할 수 없어요. 경찰서에서 부른다면 기꺼이 가 조사를 받을 생각입니다."

스님은 김미란 집사한테 명함을 주고 뒤도 돌아보지 않고 총총히 사라지고 있었다.

그 뒤로 1년. 나는 다대포 바닷가에 나와 몰운대 화선대에서 자살을 기도했던 1년 전 오늘을 생각하며 세월한테 하소연하고 있었다.

 '세월아, 내가 살 운명이라 살았지만 빚쟁이들한테 전세금마저 날려버려 앞으로 살아갈 길이 더 팍팍하다. 왜 나를 살려준 것이냐? 세월 네가 원망스럽다.'

 '바보 머저리야, 나를 원망하지 마라. 너를 살려준 것은 네가 아직 세상을 떠날 때가 아니기 때문이다. 그러니 이 세상에 살아 있다는 것은 극락에서, 천국에서 사는 것이라고 생각하고 살다가라.'

 '세월아, 그것은 맞다. 내가 저승 문턱까지 갔다 왔는데 저승에서는 살아 있는 우리 인간은 사는 곳이 아니었다. 그래서 이승이 극락이고 천국이라는 생각은 들었다. 그러나 하루하루 살아가는 것이 나한테는 지옥과 같은데 어쩌니? 살아갈 용기가 없다.'

 '바보 머저리야. 그래도 강물이 흘러가듯 세상과 어울려 살아라. 그리고 너는 이 세상에서 사는 것이 지옥과 같다고 말했는데 지옥이 얼마나 무서운 곳인지 아느냐? 귀신들이 두 번 다시 들어올 곳이 아니라고 벌벌 떠는 곳이 지옥이다.'

 '세월아, 그런 것 같았다. 귀신들이 나보고 뜨거워 살 수 없다고 살려달라고 하는 귀신도 있었고, 죽은 지가 1억 년이 되었는데 배가 고파 살 수 없다고 아우 성치는 귀신도 있었다. 징말 무

서운 곳이 지옥이라는 것을 알았다.'

'바보 머저리야, 그럼, 지옥에 떨어지지 않으려면 가진 것 없다고 누군가를 원망하지 말고 지금처럼 착하게 살다가라.'

'세월아, 아무래도 그래야겠다. 우리 인생, 떠날 때는 빈손으로 떠나는데 다 부질없는 욕심이라는 생각이 들었다. 그래서 세월아, 내가 세상에 다시 태어났으니 욕심 없이 살다가겠다. 그런데 내가 죽으면 어느 세상으로 가느냐? 극락이냐, 천국이냐, 아니면 지옥이냐? 세월 너는 나와 같이 살아왔으니 잘 알겠다 싶다. 말을 해다오.'

세월은 딴청을 부리고 있는 듯 한참을 있다가 눈물을 흘리는지 갑자기 보슬비를 뿌리고 있었다.

'세월아, 왜 말이 없는 거니? 내가 죽으면 어느 세상으로 가느냐? 나는 지옥은 무서워 싫다.'

'바보 머저리야, 지옥에 가는 것을 좋아할 인간이 있겠느냐? 죄 짓지 않으면 지옥에 떨어지지 않는다. 그러니 죄 짓지 말고 살아라.'

'세월아, 너는 어찌 그렇게 쉽게쉽게 말을 하고 있니? 우리 인간은 죄를 짊어지고 살아가고 있다. 마음속으로나 혓바닥으로나 행동으로 무수히 많은 죄를 짓고 살아가기 때문에 겁이 나 묻는 것이다. 너는 내가 지은 죄를 잘 알고 있겠다 싶어서 묻는

것이다.'

 '바보 머저리야, 맞다. 나는 네가 눈을 감고 있을 때나 눈을 뜨고 있을 때, 숨소리 하나 빠뜨리지 않고 보고 있다. 너는 가진 것 없어 잘못 살았다고 세월 나를 원망하고 이승을 떠나려고 했는데 욕심 없이 산 세월 아주 잘 산 것이다. 그래서 나는 너를 친구로 생각하겠다. 나를 믿을 수 있겠느냐?'

 '그럼, 그럼. 나는 세월 너와 같이 친구하며 산 세월이 오래되었다. 세상 사람이 나를 미쳤다고 손가락질해도 나는 너를 믿을 것이다.'

 '좋아, 좋아. 나도 네가 좋다. 네 주먹을 쥐었다 펴봐라.'

 '세월아, 너는 우리 사람처럼 무슨 헛소리를 하고 있느냐? 뜬금없이 그것은 왜 하라는 것이냐?'

 '바보 머저리야, 네가 세상 사람이 바람이 불고 있다고 믿는 것처럼 나를 친구다 생각하는데 나도 네가 좋아 선물을 주겠다.'

 '그래? 그렇다면 고맙군.'

 나는 세월이 하라는 대로 주먹을 쥐었다 폈는데 세상에 없는 아름다운 옥구슬 하나가 반짝반짝 빛을 뿌리고 있는 것 같았다.

 '세월아, 네가 요술을 부리고 있는 것이냐, 장난을 하고 있는 것이냐? 어떻게 보면 내 손바닥에 아름다운 옥구슬이 있는 것도 같고 없는 것도 같은데 하늘나라 극락과 천국이 있다고 말하는 종교 이야깃거리가 이런 것인가 생각은 든다만 헷갈린다.'

'바보 머저리야, 장난이 아니다. 이 세상에서 나를 친구로 생각하는 인간은 너 혼자이다. 그래서 내가 선물하는 것이다. 네가 마음속으로 네 손바닥 안에 세월이 준 선물 요술 구슬이 있다고 생각하면 있을 것이다. 그러니 네가 죽음 직전에 살고 싶으면 네 손바닥 안에 세월이 준 구슬이 있다고 생각하고 그 구슬을 하늘에 던져라. 그러면 네가 지금 살아 있는 것처럼 또 한 번의 기적이 일어날 것이다.'

'그래? 좋아. 세월 네 말을 믿을 수 없지만 내 인생 어차피 바람 불면 부는 대로 살아야 하니 앞으로는 세월 너라도 의지하며 살아야겠다. 너를 믿고 그러마.'

그때, 난데없이 스님 한 분이 내가 자살을 기도하려는 줄 알고 벌벌 떨며 가까이 와 말하고 있었다.

"불자님께서는 세상살이가 팍팍하여 바닷가에 나와 세상을 미워하고 원망하고 있군요? 그러지 말아요. 그냥 세상이 아름답다 생각하고 사세요."

"스님, 갑자기 나타나 그 말씀은 무슨 말씀이에요? 그렇게 살 수 없어 눈물로 살아가고 있는 것이 아닌가요?"

"불자님, 그래서 혼자서 마음이라도 즐겁게 하기 위해 흘러가는 세월과 두런거리며 이야기꽃을 피우고 있군요? 그냥 없으면 없는 대로 욕심 없이 살다가는 것이 잘 살다가는 거예요."

"스님, 그래요. 내가 저승 문턱까지 갔다 와보니 알 것 같네요. 그렇지만 지금도 세상 살아가기가 팍팍하여 살아갈 수 없군요."

"불자님, 세상 무엇이 못마땅하고 채우고 싶어서 그런가요? 우리 중생의 욕심은 채워도, 채워도 끝이 없어요. 우리 육신이 떠날 때는 이 세상에 있는 먼지 하나도 가져갈 수 없는데 다 부질없는 욕심이지요. 그러니 가진 것 없다고 슬퍼할 일은 아니지요."

"스님, 내가 가진 것 없어서 그런 것만은 아니에요. 내가 어쩌다 세상 살기가 힘들어 이승을 떠나려고 했었지만 저승에서 귀신들이 배고프다고 한 소리를 듣고 보니 우리 부모님을 생각하면 가슴이 아파 잠을 잘 수가 없어요."

"불자님 부모님께서 편찮으신가요?"

"스님, 우리 부모님 두 분 다 돌아가신 지가 오래되었어요."

"불자님, 그런데 뭘 고민하고 슬퍼하고 있어요? 부모님이 극락왕생하기를 바라며 사는 것이지요."

"스님, 맞아요. 그렇게 살아야 하지만 우리 인간이 이 세상에서 살아가고 있는 동안 인간답게 살면서 할 수 있는 도리는 다

하고 살아야 하는데 내가 가진 것 없어 우리 부모님 제사도 못 지내고 있어 그것이 가슴이 아프고 슬퍼서 세상 살아갈 수가 없어요."

"불자님, 어쩌겠어요? 그래도 악착같이 살아야지요. 그런데 형제분은 없으신가요? 왜 혼자서 그런 생각을 하고 그러는 거예요?"

"스님, 있습니다. 형님도 있고 동생도 있어요."

"불자님, 그럼, 형제분들도 부모님 제사를 못 모실 만큼 어려우신가요?"

"아니요. 형님이나 동생은 나처럼 어렵게 살지는 않아요."

"불자님, 그럼, 형제분들이 부모님 제사를 모시지 못할 어떤 이유가 있는 것이 아닌가요?"

"스님, 그래요. 맞아요. 형님, 형수님, 동생, 제수씨 모두가 예수 기독교를 믿고 하나님 아들딸이라며 천국에 가 산다고 생각하고 부모님 제삿날 물 한 그릇 떠놓지 않고 찬송가만 부르고 있으니 돌아가신 부모님들이 하늘에서 통곡할 일이지요. 나는 그래서 이것은 아니다 싶어 지금은 참석도 하지 않지만 어떻게 해야 할지 몰라 가슴만 타들어가고 있어요. 물론, 내가 있어서 부모님 제사를 지냈으면 좋겠지만 나는 정부에서 주는 돈으로 하루하루를 살아가고 있으니 그럴 형편도 되지 않고 나 혼자 셋

방살이 하고 있어서 제사 지낼 엄두도 못 내고 있어 내가 살아가고 있는 것이 죄인 같아 차라리 이승을 떠나고 싶은 생각에 1년 전에 죽으려고 했지만 실패만 했어요."

"불자님께서는 나와 비슷한 데가 너무너무 많군요. 너무 슬퍼하지 말아요. 길이 있을 거예요. 나도 오빠들이 셋이나 있는데 부모님 제사 지내기 싫다고 안 믿던 교회를 다니더니 지금은 교회 다니기를 잘했다고 춤을 추고 있어요. 나는 그 형제들 그 꼬락서니가 보기 싫어 내가 절을 지어 아버지, 어머니 제사를 모시기 위해 중이 되었고 지금은 절에 모셔놓고 우리 부모님 제사를 지내고 있어요."

"스님, 그러신가요? 스님께서는 부모님 제사를 모시고 있어서 살아가는 세월이 얼마나 아름다워요? 스님께서는 죽으면 극락왕생하시겠네요."

"불자님, 그거야 죽어봐야 알 일이지요. 그거 하나 착한 일 한다고 극락에 간다면 극락이나 천국에 가지 않는 세상 사람은 없겠네요. 하늘나라 극락이나 천국은 마음에 있는 것뿐이니 너무 마음에 두지 말고 그냥 세월이 흘러가는 대로 사는 것이 좋아요. 그리고 부처님을 믿는다고 다 극락에 가고 예수님을 믿는다고 다 천국에 가는 것은 아니에요. 살아가는 동안 자기 마음의 위안을 갖기 위해 부처님을 외지하고 예수님을 의지하는 것이지요. 불자님께서 그래서 사후 세상을 고민하고 아까 세월과 말하고 있었군요?"

"스님, 그래요. 나는 이 세상에서 천덕꾸러기로 살았으니 영혼이라도 하늘나라에서는 지옥에 떨어지지 않고 극락이나 천국에서 대접을 받고 호강을 누리며 살고 싶어요."

"불자님, 불자님께서는 천덕꾸러기로 살았다지만 욕심 없이 살았기 때문에 죽으려고 했지만 살 수 있었던 거예요. 불자님께서 산 세월 잘못 살아온 인생이 아니에요. 욕심 없이 산 세월, 아주아주 잘 산 거예요. 부처님께서 없으면 없는 대로 물 흐르듯 꽃피듯이 살다가라 하셨어요."

"그렇군요. 있는 자나 없는 자나 잘난 자, 못난 자 할 것 없이 바람처럼 지나갈 인생, 욕심 없이 사는 것이 잘 사는 것이군요?"

나는 스님이 마음에 들어 스님 눈치를 보며 말하고 있었다.

"불자님, 그래서 우리 인생 그렇게 살라고 부처님과 예수님이 이 세상에 탄생하여 가르침을 준 것이지요. 그런데 우리 인간들이 부처님과 예수님 가르침대로 살지 않고 욕심 때문에 예수님을 믿지 않으면 지옥에 떨어진다고 말하고 있는 거예요. 부처님과 예수님이 노하여 머지않아 이 땅에 전쟁으로, 이상한 기후로 어마어마한 폭풍이 몰아칠 거라 생각해요."

"스님, 요즘 세상 돌아가는 꼬락서니가 그럴 것 같네요. 자식이 부모를 죽이지 않나, 부모가 자식을 죽이지 않나, 믿는 자들도 죄를 무서워하지 않고 온갖 짓을 저지르고 있고, 욕심 때문에 요즘 세상 어디서나 칼바람이 춤을 추고 있는데 그럴 거라는 생각이 들어요. 세상 살아가기가 너무나 무서워요. 어찌하여 세상이 여기까지 왔나 싶어요. 세상 겁이 나 살 수가 없어요."

"불자님, 어쩔 수 없는 일이에요. 세월이 우리 인간의 욕심을 부추기고 있으니 그것을 채우기 위해 별별 일들이 일어나고 있는 것이지요."

"아이고야, 세상 살기가 여간 혼란스러운 것이 아니군. 우리 인간이 몇 백 년, 몇 천 년을 사는 것도 아닌데 있으면 있는 대로 없으면 없는 대로 살면 되는 것을 인간들이 무엇을 그리 채우기 위해 탐을 내고 살아가는지 정말 모르겠네요."

나는 말을 해놓고 부끄러운 생각이 들어 피식 웃고 있었다.

"불자님, 그래서 불자님께서는 이렇게 살까 저렇게 살까 고민하고 있는 것이 아닌가요?"

"스님, 그것은 맞아요. 저는 이 세상에서 지지리도 못나빠져 아무데도 쓸모가 없는 사람으로 살아가고 있는데 저승에서는 죽은 귀신이라도 보란 듯이 살고 싶은 욕심은 있어요. 그런데 예수 기독교에서는 예수님을 믿지 않으면 지옥에 떨어진다 하니 겁이 나 세상을 살아갈 수 없는데 어쩌면 좋아요."

"불자님, 너무 많은 것을 생각하지 말아요. 극락과 천국은 마음에 두고 그냥 세상이 아름답다 생각하고 살아요."

"스님, 그래요. 우리 인간이 죽었다가 살아난 자가 없으니 극락과 천국이 있는지 없는지 모르는데 이 땅에 살아가고 있는 우리 인간들이 혼란스럽게 만들고 있으니 그래야겠어요."

"이 친구, 밥 한 끼 먹자고 하고 좋은 그림을 그리고 있군."

"두섭이, 어서 오게. 오해하지 말게. 스님과 우연히 만나 세상사 이야기하고 있는 중이네."

"그런가? 아무튼, 자네, 긴 터널에서 벗어나 새로운 삶이 시작되었으면 좋겠네."

"아얏!"

그때, 개미 한 마리가 내 다리를 물고 있었다.

"그놈 참, 지독스럽게 물고 있는데 너는 죽어야겠다."

나는 개미를 잡아 팽개치고 발로 밟아 죽이고 있었다.

"불자님, 너무 잔인하지 않아요? 개미가 세상에 태어났을 때는 그 나름대로 목숨이 다할 때까지 즐겁게 살다가기를 원했을 거예요. 그런데 말을 못하니 살려달라고 말도 못하고 죽었으니 얼마나 억울해하며 죽어갔을까요? 불자님께서는 지옥을 생각하고 극락과 천국을 생각한다면 그래서는 안 되는 것 아닌가요? 개미가 불쌍하군요."

"스님, 극락과 천국을 생각한다면 그렇지만 나는 성인군자도 아니고 내가 살고 있는 현실이 개미를 생각할 만큼 여유가 있는 사람이 아니에요. 개미가 그렇게 죽어간 것도 개미 나름대로 팔자이겠지요. 내가 이렇게 바닥에 떨어져 발버둥치는 것처럼 어쩔 수 없는 일이에요."

 나는 순간적으로 튀어나온 말이 민망해 어쩔 줄 모르고 있었다.

 "스님이 이해하세요. 이 친구가 지금은 없어서 그렇지 법이 없어도 살 사람이고 개미를 죽일 만큼 악랄한 사람은 아니에요. 옛날에는 수많은 사람들한테 베풀며 산 사람이에요."

 "두섭이 이 사람아, 내가 그런 적도 있었는가? 그렇다면 옛날은 흘러간 세월이네. 지금 내가 너무나 비참해 이것저것 생각할 여유가 없다보니 순간적으로 개미를 죽였지만 이것이 지금 내가 살아가고 있는 현실이네."

 "이 친구야, 어쩌다 그렇게 되었는가? 어려서는 우리들의 우상이었는데……. 스님, 저 친구는 어려서는 우리 마을에서 제일 잘 될 거라며 동네 어른들 칭찬을 받으며 산 친구에요. 그런데 어쩌다 저 지경까지 되었는지 모르겠네요."

 "친구 분, 너무 걱정하지 말아요. 불자님은 지금은 이렇게 살지만 욕심을 낸다면 머지않아 세상에 부러워할 것 없이 다 가지고 살면서 꽃처럼 좋은 날만 있을 거예요."

"스님, 그 말은 무슨 말이에요? 그럼, 이 친구가 유명인사라도 된다는 거예요?"

"친구 분, 불자님께서는 그럴 가능성이 99%예요. 얼굴에 나타나 있어요. 그러나 무엇으로 세상에 빛을 낼지는 내 눈에 보이지 않는군요."

"스님께서는 보통 스님이 아니군요? 내 운명도 봐주세요. 복채는 얼마든지 드리겠습니다."

"친구 분, 흥분하고 있군요? 나는 점쟁이가 아니에요. 불자님을 보는 순간부터 묘하게 그런 생각이 들어 말했을 뿐이에요. 그러니까 내가 99%라고 말했지만 0%가 될 수도 있어요."

스님은 말해놓고 벌벌 떨면서 서쪽 하늘에 쇠제비, 갈매기가 떼를 지어 너울너울 춤을 추며 날아가는 것을 바라보고 있었다.

"스님, 농담이라도 그런 말은 하지 말아요. 나는 세상 살기가 팍팍하여 저승 문턱까지 갔다 왔지만 겨우겨우 곡예를 하듯 하루하루를 살아가고 있는데 그러다 붕 떠 떨어지면 살아날 길이 없어요. 그리고 나는 길가에 핀 들꽃처럼 아무짝에도 쓸모가 없는 사람인데 세상의 빛이 되다니 저 날아가는 쇠제비, 갈매기 떼들이 웃겠네요."

나는 말은 그렇게 했어도 스님 말에 웃음꽃이 피어 하늘을 날아가는 기분이 들었다.

"불자님, 우리 인생, 파도 없는 인생은 없어요. 또 모르지요. 내 말이 맞을지. 내가 말해놓고 이렇게까지 가슴이 떨리는 것은 처음이에요. 아무튼, 불자님 얼굴에 늦복이 꽃처럼 피어 있는 것은 사실이에요."

"하하하. 그것 참, 아주아주 재미있군. 세상사 사는 것이 이런 것이군."

정두섭은 박장대소를 지르고 말하고 있었다.

"스님, 이 친구는 어쩌면 스님 말씀대로 그럴 가능성이 충분히 있어요. 이 친구는 어려서부터 우리 또래는 상상도 못하는 뜬구름 속에서 살았거든요. 그래서 우리가 항상 말을 했어요. 쟤는 크게 되든지 거지가 되든지 할 놈이라고. 그런데 스님 이야기를 듣고 생각해보니 이제야 때가 왔다 싶어요. 어쩌면 스님 말씀이 99% 맞을 거예요."

"두섭이 이 사람아, 스님 말에 착각하지 말게. 내 기분이야 좋지만 스님께서 어쩌다 말실수를 한 것 같은데 무안하게 더 이상 이러쿵저러쿵 말하지 않는 것이 좋겠네."

"불자님은 제 말을 안 믿으시는 거군요? 내가 말실수나 하는 그런 사람으로 보여요? 불자님께서 나를 그렇게 보았다니 섭섭하군요. 나는 이렇게 만난 인연으로 불자님을 친구로 생각하고 있었는데 아쉽군."

스님은 토라져 금세 울상을 하고 있었다.

"스님, 미안합니다. 내가 말실수를 했어요. 사실 나는 땡전 한 푼 없는 사람이라 항상 불안하고, 살아가는 세월이 무섭다는 마음은 들지만 내가 다시 살고 보니 살아 있다는 것이 행복하다 생각하고 살고 있는데 스님 말에 내 귀에 바람이 스쳐가는 것처럼 들떠서 그만 나도 모르게 엉뚱한 말을 한 것 같네요. 그리고 나도 스님께서 오빠들이 셋이나 있는데도 스님이 부모님 제사를 모시고 있다고 하니 너무나 존경스러워 친구하고 싶었거든요. 스님, 우리 이 세상 살아가는 동안 친구해요."

"불자님, 예, 그래요. 우리 친구해요."

"그럼, 나는 개밥에 도토리 신세가 되라는 거야?"

정두섭은 말을 하고 계면쩍게 웃고 있었다.

"두섭이 이 사람, 자네는 내 친구니 당연히 스님과도 친구가 되는 것이지."

"그래요. 지금부터 불자님이라고 불러야 되겠네요. 불자님 말이 맞아요. 오늘부터 우리는 친구예요."

"스님, 그럼, 우리 얼마 남지 않은 인생, 셋이서 만나 이런저런 세상사 이야기를 나눌 수 있는 아지트를 한 곳 만들어요."

"그럼, 불자님만 괜찮다면 내가 있는 절은 어때요?"

"스님, 그건 곤란할 것 같군요. 나는 있는지 없는지 모르는 하늘나라 극락과 천국 이야기만 하는 절의 중들이나 교회 목사들의 말은 믿을 수 없어 귀에 들어오지 않아 교회나 절은 싫거든요."

"스님, 나도 두섭이 친구와 같은 생각입니다. 그러나 언젠가는 교회도 가보고 싶고 절에도 가보고 싶은 생각은 있어요. 그러나 우리가 허심탄회하게 이야기를 나눌 수 있는 장소로 절은 아닌 것 같네요."

"불자님들 생각이 그런가요? 그렇다면 장림 포구에 있는 부네치아 선셋 카페에서 한 달에 한 번 정기적으로 만나 세상 돌아가는 이야기를 나누는 것이 어때요?"

"스님, 우리야 좋지만 스님께는 큰 부담이 되는 것은 아닌가요?"

"불자님들, 괜찮아요. 내가 오빠들 보란 듯이 중이 되어 부처님 가르침대로 살려고 노력은 하고 있지만 나도 인간이고, 나는 별난 중이에요. 그래서 두섭 불자님께서 절도 싫고 교회도 싫어하는 것 같은데 부처님을 믿고 극락을 생각하고, 예수님을 믿고 천국을 생각하는 사람이 온갖 죄를 짓고 있는 사람보다 착한 마음으로 무신론자로 사는 것이 어쩌면 맞을 수도 있을 것 같아 가까이 옆에서 더 많은 것을 배우고 싶군요."

"스님, 좋아요. 우리의 인연은 하늘에서 정해준 것 같군요. 매월 5일에 장림 포구 부네치아 선셋 카페에서 만나기로 해요."
"불자님께서는 우리가 만나기로 한 날을 오늘 날짜로 정할 만큼 무슨 큰 뜻이라도 있나요? 10일이면 10일, 20일이면 20일, 30일이면 30일이지 왜 하필 매월 5일로 정하시는 건가요?"
스님은 뭔가 불쾌한 기색이 역력했다.
"스님, 스님은 5일 날이 왜 싫으신가요?"
"불자님, 꼭 그런 것은 아니지만 5일은 나한테 트라우마가 있어서 친구를 만나는 날 기분 망칠까 싶어서 조심스럽군요. 오늘은 생각조차 하기 싫은 날이지만 그 사람에 대한 미안한 마음 때문에 오늘 다대포 바닷가를 찾은 건데 우연히 불자님을 만난 거예요."
"스님, 그게 무슨 말씀이에요? 나도 살기가 팍팍하여 작년 오늘 화선대 바위 위에서 자살을 기도했다가 살아났는데 그럼, 그때 그 스님이 바로 내 눈앞에 있는 스님이란 말이에요?"
"불자님, 혹시, 조성두나 님이 아닌가요?"
"스님, 맞아요. 이 친구 이름이에요."
"확실히 맞는군. 조성두나 불자님, 살아 있었군요? 너무너무 감사해요."
스님은 말을 하고 얄궂은 인연이다 생각하며 조성두나를 뚫

어져라 바라보고 있었다. 나도 스님만 몇 번 부르다가 그만 기절하고 말았다.

"불자님, 이러시면 안돼요. 내가 일찍이 알아봤어야 했는데 내 무지였어요."

스님은 달려가 조성두나를 부둥켜안고 하염없이 눈물을 흘리고 있었다.

"스님, 세상에 이런 드라마 같은 일이 있었다니 정말 몰랐어요. 조성두나 이 친구는 강한 사람이라 곧 깨어날 거예요. 너무 슬퍼하지 말아요."

"두섭 불자님, 내 잘못이 컸어요. 죽었다 다시 살아났다고 했을 때 알아봤어야 했었는데 설마 화선대 바위에서 떨어진 사람일 거라는 것은 생각지도 못 했어요. 그 사람은 살아날 가망이 없다고 했고, 죽었다고 들었거든요. 그래서 조성두나 불자님 생각은 꿈속이라면 모를까 할 수 없었어요."

"스님, 맞아요. 그럴 수 있겠네요. 죽었다고 들었는데 눈앞에 있는 사람이 그 사람이라고 생각할 수 있었겠어요? 나 같아도 그랬을 거예요."

그때, 나는 정신을 차리고 눈을 떠 스님을 바라보며 소리 없이 울고 있었다.

"조성두나 불지님, 께어났군요? 조성두니 불자님, 그때 집지 못해 죄송했어요. 그리고 살아주셔서 고마워요."

"스님, 내가 어떻게 했으면 좋겠어요? 스님이 하라는 대로 할 게요."

"조성두나 불자님이 산 것만 해도 나한테는 크나 큰 선물을 준 거고 내 평생 살아가면서 불자님한테 감사하다고 생각하며 살아갈 거예요. 그러니 더 이상 아무 말씀도 하지 말아요."

"스님, 그래요. 내가 무슨 말을 할 수 있겠어요? 아무튼, 스님과 나는 하늘에서 맺어준 인연인가 봅니다."

'아니지. 스님은 내가 첫눈에 반해 이미 점찍어 놓았으니 그 핑계로 조성두나 너는 스님을 넘보지 마라.'

정두섭은 그런 생각을 하고 피식피식 웃고 있었다.

"불자님, 우리의 인연은 그때도 그렇지만 어쩌면 그런 것 같네요. 그리고 부처님께서는 생각이 깊고 총명하고 성실하고 지혜로운 도반이 될 친구를 만났거든 어떤 어려움이 있더라고 극복하고 마음 놓고 기꺼이 함께하라 했어요. 나는 불자님과 이 세상이 끝나는 날까지 친구로 함께할 거예요."

"스님, 스님 말씀을 들으니 내 가슴이 콩닥콩닥 방망이질하고 있는데 나도 스님이 살려주었으니 이 세상 끝나는 날까지 함께하고 싶어요. 그래서 숨길 수가 없군요. 나는 실은 다음주부터 1년간 교회에 나가볼까 생각하고 있는데 어쩌면 좋아요?"

"불자님, 그러세요. 불자님의 인생, 불자님이 이리 가든 저리 가든 그것은 불자님의 인생이에요. 그리고 누구든 이 종교가 좋다, 저 종교가 좋다고 강요할 수는 없어요. 우리 불교에서 말하는 극락이나 예수 기독교에서 말하는 천국은 그런 것이 있다고 믿고 있는 것이지 그곳에 갔다 온 자가 없으니 조성두나 불자님이 하고 싶은 대로 하세요."

"하하하. 스님께서는 아까부터 예수 기독교를 믿어도 된다는 양으로 서슴없이 말하고 계시는데 스님 입에 담기에는 거북한 말이 아닌가요? 스님은 불교를 믿고 극락에 가라고 해야 하는데 이 종교도 좋고 저 종교도 좋다고 하는 것 같아 나는 스님이 좋아졌어요. 나는 스님이 불교를 믿으라고 하면 믿고 따를 수 있어요."

정두섭은 이제 노골적으로 스님을 좋아하는 티를 내며 말하고 있었다.

"두섭 불자님, 내가 종교 이야기를 안 해서 두 불자님들이 나와 친구하는 거 아닌가요?"

"그건 맞아요."

나와 정두섭은 이구동성으로 말하고 있었다.

"두 불자님들, 내가 불교를 믿고 있지만 건성건성 믿는 척하고 갔다 왔다 한다면 몰라도 하늘나라를 생각하고 믿는 것이 쉬운 일이 아닌데 예수 기독교인들처럼 세상 즐거움을 버리고 믿어야 천국에 간다고 쉽게쉽게 말하고 싶지 않아요. 어떤 종교든 간에 진심으로 믿는다는 것이 얼마나 고통스러운 일인지 아는데 다른 사람들 인생을 나와 똑같이 만들고 싶지 않아요. 나는 다만, 부처님 말씀대로 살생하지 말고 착하게 살라고 그것은 말하고 싶어요. 그리고 절의 큰스님이나 교회 목사님들 같은 종교인들이 죽으면 대신 심판받는 것도 아니지 않아요? 각자 자신들의 죗값에 따라 극락이든 천국이든 지옥이든 떨어지는 것이 아닌가요? 그런데 예수 기독교인들은 하나님만 믿으면 천국에 간다고 하고 있는데 죄를 많이 지었는데도 하나님만 믿으면 천국에 갈 수 있을까요? 아니에요. 이 세상에서 얼마만큼 덕을 쌓고 사느냐에 따라 극락이든 천국이든 갈 수 있다고 봅니다. 그러니 부처님을 믿든 예수님을 믿든 또 그것도 아니면 두섭 불자님처럼 이것저것 안 믿어도 우리 인간의 본심대로 착하게 살다 간다면 적어도 무릉도원에 떨어질 거라는 생각은 해요. 그러니 나를 마음에 두지 말고 불자님께서는 불자님 인생을 사는 게 좋겠어요. 나도 세상을 두려워하지 않고 부처님을 모시며 내 인생을 살고 싶어요."

"스님, 그래요. 스님 말씀이 맞아요. 스님은 그렇게 생각할 수 있겠네요. 그러나 내가 스님을 좋아하는 마음은 변함이 없어요.

나는 이 마음을 세상이 끝나는 날까지 가져가고 싶어요."

"불자님, 하늘나라 지옥이 두렵지 않나요?"

"스님, 예수 기독교에서는 예수를 믿지 않으면 지옥에 떨어진다고 야단법석을 떨며 인간들을 꼬드기고 있는데 교회 목사들 다는 아니지만 더러는 목사란 직책을 가지고 있는 사람이 하나님을 무서워하지 않고 겁도 없이 신도들을 강간하고, 까불면 하나님을 죽인다고까지 하는데 하나님이 진짜 있다고 믿음이 간다면 그렇게까지 할 수 있겠어요? 이런 것을 생각하면 어쩌면 믿는 자들도 자기들 살기 위한 하나의 수단으로 2천 년 넘는 세월을 변하고 변해 신도들을 봉으로 생각하고 하는 짓이 아닌가 생각이 들어요. 나는 그래서 지옥을 두려워하지 않고 내 마음대로 살고 있는 거예요."

"두섭 불자님, 그것은 핑계예요. 불자님께서 그렇게 살고 싶어서 사는 것이 아닌가요? 그리고 교회 목사도 인간이에요. 그럴 수 있는 것이지요. 절에 있는 중들 중에도 온갖 비리를 저지르며 사는 중들도 있어요. 그것은 인간이기 때문에 어쩔 수 없어 그럴 수 있다고 봅니다. 그러니 그러려니 생각하고 종교를 믿는 것이지요. 그러니까 나를 생각하지 말고 두섭 불자님 인생을 살았으면 좋겠어요. 아무튼, 오늘 만나서 반가웠습니다. 다음달 5일 오후 2시에 장림 포구 부네치아 선셋 기페에서 민납시다. 그리고 내 이름은 가월유발 스님입니다."

　스님은 말을 하고 어두운 그늘 사이로 돌아서 유유히 사라지고 있었다.

〈 2 〉

 나는 생전 처음으로 형님, 동생 가족들이 교회에 미쳐 부모님 제사까지 내팽개치고 다니는 교회에 가고 있었다.
 '도대체 교회에 다니면 얻는 것이 무엇인가? 죽으면 천국……그래 그렇다면 가야지. 이 세상은 잠시 왔다 가는 인생, 천국에서 영원히 살 수 있다면 이 세상에서 삶을 어떻게 살든 그것은 아무것도 아니니까.'
 나는 형제들의 마음을 조금은 이해하면서도 자꾸 두섭이 친구가 말한 목사들 이야기가 생각나 의심을 하면서 교회 앞에서 서성거리고 있었는데 어떤 한 중년 여인이 내 옆으로 살금살금 오더니 말을 걸고 있었다.
 "성도님은 교회가 처음이신가요?"
 "예, 그래요. 나는 교회가 처음입니다."
 "아, 그렇군요. 성도님, 잘 오셨습니다. 하나님을 믿어야 천국에 갈 수 있어요. 나는 이 교회 권사입니다. 성도님, 들어가요."
 "권사님, 그럴까요?"

나는 교회는 처음이라 아무 생각 없이 권사를 따라 조심조심 교회 안으로 들어가고 있는데 눈에 보이는 글귀가 참 재미있었다.

[태초에 하나님이 천지를 창조하시니라(창세기 1장 1절).]

'그럼, 하나님께서 이 땅의 모든 만물뿐만 아니라 우주를 창조하셨다는 걸까? 그것 참, 그것을 믿고 있다니 이것은 아니다.'

나는 아무리 생각을 해도 이것은 아니라는 느낌이 들었지만 수많은 교인들을 보고 내가 어리석었다는 생각에 고개를 끄덕거리고 있었다.

"성도님, 우리 교회에는 유명하신 분들이 많아요. 의사들도 많고, 시의원, 구의원, 유명한 건설회사 사장님도 있어요."

"권사님, 이 모든 사람들이 예수님을 믿고 천국에 가기 위해 교회를 다니고 있군요?"

"예, 그래요. 예수님을 믿지 않으면 지옥에 떨어져 유황불 속에서 지내야 하는데 너무나 끔찍한 일이지요."

'그렇다면 지옥에 떨어져 유황불 속에서 살지 않으려면 예수님을 믿어야 되겠군.'

나는 저승 문턱까지 갔다 온 사람이라 겁이 덜컥 나 후들후들 떨고 있었다.

"성도님, 예수님께서 우리 죄를 대신 다 짊어지고 가셨기 때문에 우리는 예수님만 믿으면 천국에 갈 수 있어요."

'그것 또한 하나님이 태초에 천지를 창조하셨다는 말과 같이 믿을 수 없는 말이 아니냐? 목사가 간음을 하고 온갖 죄를 짓고 있는데 하나님만 믿으면 천국에 가 산다니 허무맹랑한 말이라 믿을 수 없군.'

나는 또 의심을 하면서 두리번거리고 있었는데 권사는 봉투 두 개를 집어 지갑에서 돈을 꺼내 하나는 많이, 하나는 조금 적게 나눠 봉투에 넣고 있었다.

"권사님, 교회에 다니려면 돈이 있어야만 다닐 수 있는 것 아니에요? 무슨 그 많은 돈을 교회에 바치는 거예요?"

"성도님은 내가 헌금하는 것을 보고 말하고 있군요?"

"그래요. 내가 보기에 한 봉투에 몇 십만 원은 넣은 것 같은데 그 많은 돈이라면 내 한 달 생활비 같아서 좀 놀랍기는 했어요."

"성도님, 아무 걱정하지 말아요. 내가 내는 하나는 십일조 헌금이고 다른 하나는 건축 헌금이에요. 이것은 내가 마음이 있어 내는 거예요. 마음이 없으면 일 원짜리 하나도 내지 않아도 누가 뭐라고 말할 사람이 없어요. 성도님께서는 아무 걱정하지 말아요."

"권사님, 돈을 안 내는데 천국에 갈 수 있나요?"

"성도님, 그럼요. 하나님께서는 우리 마음을 다 알고 있거든

요."

'하나님께서 우리 마음을 다 알고 있다? 그 말이 더 무서운 말 같은데 그것 또한 헷갈려 믿을 수 없군. 이 세상에 태어났다가 죽은 자가 저 하늘의 별과 같이 많을 텐데 그 수많은 죽은 자의 마음을 알고 심판한다는 이것도 어쩌면 누군가 말장난하는 것 같은데 나 같은 머저리는 뭐가 뭔지 도무지 모르겠군.'

나는 교회 목사님 설교를 듣기도 전에 많은 것을 의심부터 하고 있었다. 오전 예배가 끝나고 점심시간이 되었다.

"성도님, 점심 먹으러 식당에 가요. 잠시만 여기 있어요. 내가 식권 사가지고 올게요."

"권사님, 교회에서 점심을 돈 내고 사먹어요? 그냥 교회에서 주는 거 아닌가요?"

"성도님, 우리 교회는 식권을 사야 점심을 먹을 수 있어요. 물론, 돈이 없으면 그냥 가서 먹어도 되지만 그런 사람은 없어요."

"권사님, 하나님의 집에서 점심을 먹는데 그냥 먹는다고 나무랄 사람이 있겠어요? 근데 가격표가 저렇게 버젓이 있으니 염치없이 배가 고프다고 그냥 가서 점심을 먹겠어요? 나 같은 무일푼 빈곤자라도 그냥은 못 먹겠네요. 그러나저러나 오늘 온 신도들 숫자가 내가 보기에 몇 천 명 될 것 같은데 이 많은 사람들의 헌금만 해도 어마어마하게 많을 텐데 점심도 돈 내고 사먹어요?"

"성도님, 그 돈은 우리 교회에서만 쓰는 것이 아니에요. 작은 교회 후원도 하고 해외 전도 사업에도 쓰거든요."

'흥, 말은 그렇게 하겠지. 그래야 교인들이 믿을 테니까. 그래도 그렇지. 그럼, 교회에 다니는 교인들은 주일마다 이런저런 헌금을 하고, 시간 허비하고 얻어가는 것은 무엇인가? 오늘 내가 들은 목사님의 설교는 딱히 돈을 내고 들을 만한 것은 아닌데 그것 참······.'

'이해할 수 없군. 하나님을 믿는 것은 좋지만 적당히 하고 자기 인생도 즐기며 살아야 하는데 교인들은 하나님이 자신들의 아버지인 것처럼 생각하고 믿고 있는데 어쩌면 말쟁이들이 꾸며낸 장난이 아닌가 생각이 든다.'

나는 설레설레 고개를 내저으며 세월에게 묻고 있었다.

"세월아, 너는 어떻게 생각하느냐?"

'머저리야, 그러려니 생각해라.'

'세월아, 아마도 그래야겠다. 이야기해주어 고맙다.'

나는 이제 세월과 떨어질 수 없는 절친한 친구가 된 기분이었다.

"성도님, 식사하러 가요."

"권사님, 내가 괜히 외 신세를 지고 있군요."

2. 39

"성도님, 그런 말 하지 말아요. 우리는 하나님의 아들딸, 한 가족이에요. 서로 베풀며 살아야지요."

"권사님, 우리가 하나님의 아들딸인지 모르나 아무튼, 오늘만 신세를 지겠습니다."

나는 권사님을 따라 식당에 들어가 점심을 먹고 있는데 나와 같은 또래로 보이는 여인이 와 나한테 말을 걸고 있었다.

"혹시, 조타자 소설가 아니십니까?"

"예, 맞습니다. 저를 아십니까?"

"그럼요. 알고말고요. 제가 그렇게 몰라보게 변했나요? 나는 조타자 소설가님을 대번에 알아보았는데. 그날 나한테 '흘러간 그날의 작은 목소리' 책도 주셨잖아요? 지금도 그 책 내 책상 책꽂이에 꽂혀 있어요."

"그런 일이 있었어요? 나는 전혀 기억이 나지 않는데…… 제가 몰라봐서 죄송합니다."

"뭐, 수십 년의 세월이 흘러갔는데 그럴 수 있지요."

여인은 말은 그렇게 해도 서운한 기색이 역력했다.

"성도님, 소설가셨어요? 우리 교회에도 시인, 수필가 등 문학을 하는 교인들이 많아요. 정말 잘 오셨네요."

"권사님, 저는 소설가라 하기엔 그렇지만 무명 소설가입니다."

"조타자 성도님, 나는 '흘러간 그날의 작은 목소리' 그 책이 재미있던데 적게 팔린 것이군요?"

"예, 그래요. 출판비만 날아간 것이지요. 집사님, 그 책뿐만 아니에요. 수십 년간 많은 책을 냈는데 어느 책도 빛을 보지 못하고 시간 낭비, 돈 낭비 하다 보니 노후 대책은 하나도 못하고 그냥 잡초처럼 살고 있어요. 그래서 죽으려고까지 했어요."

"성도님, 죽긴 왜 죽어요? 이 좋은 세상 살아야지요. 아무튼, 교회에 잘 오셨어요. 하나님을 믿고 하나님한테 의지하세요. 그럼, 꼭 성도님 뜻대로 이루어질 거예요."

"안영선 권사님께서 조타자 성도님을 전도하신 거예요?"

"김미란 집사님, 제가 전도한 게 아니에요. 조타자 성도님께서 스스로 우리 교회에 찾아오신 거예요. 이것은 하나님의 뜻인 것 같은데 조타자 성도님은 앞으로 꽃길만 걸을 것 같군요."

"안영선 권사님, 조타자 성도님께서 스스로 교회에 찾아왔다면 하나님께서 큰 뜻이 있어서 그랬을 거예요."

김미란 집사는 어떤 의미가 있는 말을 하고 있었다.

"권사님과 내가 합심해 조타자 성도님을 잃어버린 양이 되지 않도록 해요."

"김미란 집사님, 그래요. 그렇게 해요."

'얼씨구? 북 치고 장구 치고 잘도 놀고 있군. 나는 내 형제들이 교회에 미쳐 부모님 제사도 나 몰라라 하는 이유를 알고 싶어 온 것뿐이다. 그런데 와서 보니 예수님이 죽은 자 가운데 3일 만에 살아나 산 자가 하늘나라로 승천했다 하는데 그것은 확인도 할 수 없으니 그렇다 믿겠지만 성경을 몇 구절 읽어봐도 나 같은 사람은 이해도 되지 않고 이것인가 저것인가 정신만 혼란스러울 뿐이다. 나는 오래 가지 않는다. 괜히 헛수고들 하지 마라.'

나는 속으로 중얼 중얼거리고 있었다.

"성도님, 오후 예배도 보고 가요."

"안영선 권사님, 나는 교회가 어떤 곳인지도 모르고 그냥 도둑고양이처럼 왔다가 목사님 설교만 듣고 가려고 했었는데 권사님 눈에 띄어 할 수 없이 점심까지 먹게 되었지만 온종일 교회에서 지내란 말이에요?"

"성도님, 처음 온 성도님들은 교육도 받아야 해요. 그러니까 교육도 받고 오후 예배도 보고 가요."

"안영선 권사님, 그렇다면 오늘은 처음이니 그렇게 하겠습니다. 그러나 다음 주에 내가 또 올지 안 올지는 모르겠으나 나한테 그 말은 어림도 없어요. 내가 이번 주로 끝날지, 한 달로 끝날지, 1년으로 끝날지, 얼마만큼 교회를 다닐지 그것은 장담할 수 없어요. 나는 사고가 난 뒤로 정신이 오락가락하고 생각이 났다 안 났다 그럴 때가 많아요. 그때는 엉뚱한 방향으로 가거든요."

"조타자 성도님께서는 살아오다 큰 사고를 당했던 거군요? 어쩌다 그랬어요?"

김미란 집사는 안쓰러운 듯 나를 보고 있다가 말하고 있었다.

"안영선 권사님, 제가 조타자 성도님을 가까이서 잘 지내고 싶은데 그래도 될까요?"

'흥, 나를 교회에 잡아두고 관리를 하겠다는 것 같은데 그것은 큰 오산이다. 나는 어디로 뛸지 모르는 사람이다.'

나는 콧방귀를 뀌고 있었다.

"김미란 집사님, 그렇게 하세요. 집사님께서는 조타자 성도님을 오래 전에 알고 있었던 것 같은데 성도님께서는 집사님과 이야기하는 게 편할 것 같네요."

"안영선 권사님, 감사합니다."

김미란 집사는 무엇인가 큰 그림을 그리고 있는 듯 살며시 웃고 있었다.

점심 식사가 끝나고 나는 집으로 갈까 잠시 생각도 했지만 약속한 대로 오늘 하루는 안영선 권사와 김미란 집사 말을 따르기로 했다.

"조타자 성도님, 교육관으로 가요. 교육을 받고 세례를 받아야 우리 교회 교인이 되는 거예요."

"안영신 권사님, 김미린 집사님, 지는 이 교회 교인이 되고 싶은 생각은 아직 없습니다. 그러니 제가 하고 싶은 대로 놔두시면 안 될까요?"

"조타자 성도님, 우리 교회에 오셨으니 교회 규칙을 따라야 하는 것 아닐까요?"

'그건 맞는 말이군.'

나는 내 고집만 내세울 명분이 없어 할 수 없이 두 사람을 따라 교육관으로 가고 있었다. 교육관 안에는 여러 명이 있었는데 이명선 집사한테 나를 넘기고 안영선 권사는 회의가 있다면서 교육관을 빠져나가고 있었다.

"저는 이명선 집사예요. 처음 오신 성도님들 교육을 담당하고 있어요. 성도님, 반가워요."

이명선 집사는 말을 하고 무엇인가 내 마음을 읽어내려는 듯 한참을 나를 보고 있다가 말하고 있었다.

"성도님은 착하게 사셔서 죄가 없다고 생각하세요?"

나는 이명선 집사 말에 순간 스님에게 마음을 품고 있었던 것이 생각나 가슴이 떨려 한참 동안 말을 못하고 있었다.

"집사님, 우리 인간은 죄를 먹고 사는데 왜 죄가 없겠어요? 저는 죄를 너무너무 많이 지어 사후 세계를 생각하면 지옥이 무섭고 겁이 나 세상 살맛이 안 나 이리 갈까, 저리 갈까, 하루에도 수십 번을 생각하며 살아가고 있어요."

 "성도님, 예수님을 믿으면 마음의 평화가 올 거예요. 그런 걱정은 하실 필요가 없어요. 예수님께서 우리 죄를 대신 다 짊어지고 가셨거든요."

 '이런, 이런! 안영선 권사도 그 말을 한 것 같은데 또 입에 침도 안 바르고 거짓말을 하고 있다니……. 교회는 거짓말쟁이들이 다니는 곳이구나. 내가 거짓말을 들으려 교회에 온 것이 아니다.'

 나는 이명선 집사와 20분 동안 교육을 받으며 생각한 것이 교회는 말쟁이들이 다니는 곳이라고 불신만 쌓이고 있어서 헛웃음만 나왔다.

 "성도님, 그 웃음은 내 말을 믿을 수 없다는 뜻이 아닌가요?"
 "집사님, 사실은 그래요. 예수님께서 우리 인간들의 죄를 다 짊어지고 가셨다는데 그 말을 누가 믿고 따르겠어요? 만일, 그렇다 해도 꼭 그것이 사실이라면 그 시대에 살고 있던 인간들 죄를 짊어지고 가신 것 아닐까요? 우리는 2천 년이 지난 오늘을 살아가고 있어요. 그 말을 믿을 수 있을까요? 믿어지지 않아요."
 "성도님, 믿어야 합니다. 예수님께서는 그 시대뿐만 아니라 미래에 태어날 우리 인간들 죄까지 다 짊어지고 기셨으니까 우

2. 45

리가 예수님만 믿으면 천국에 갈 수 있지만 예수님을 믿지 않는 자는 그래시 지옥에 떨이지는 거예요."

'어떻게 미래에 태어날 인간들 죄까지……. 그것 참, 그릴 수 있는 것인가? 믿을 수도 없고 그렇다니 안 믿을 수도 없는데 나 같은 머저리는 모자라서 그런지 여간 헷갈리는 것이 아닐 수 없다. 정말 마음을 쉽게 정할 수 없는 문제군. 세월아, 너는 알고 있는 것이냐? 알고 있다면 말을 해다오.'

나는 눈을 감고 세월한테 하소연하고 있었다.

'바보 머저리야, 그렇다면 그런가 생각하고 네 갈 길을 가면 될 일이다. 2천 년이 지난 일을 그렇다고 주장하고 있는데 네가 그걸 가지고 따져봐야 계란으로 어마어마하게 큰 바위를 부수겠다는 것과 같은 것이다. 그러니 교회에서 그렇다면 그런가 생각하고 예수를 믿고 싶으면 믿고, 석가를 믿고 싶으면 믿으며 세상 사람들과 어울려 살다가라.'

'세월아, 그래야겠다. 나 같은 밑바닥 인생이 별 수 있겠느냐? 그냥 세상을 떠나는 날까지 이것도 좋고, 저것도 좋고 세상과 어울려 살아가야겠다.'

"성도님, 무슨 생각을 그렇게 골똘히 하고 있어요? 우리 인생, 몇 백 년을 사는 것도 아니고 잠깐 있다 사라지는 안개와 같은데 성도님, 아무 생각하지 마시고 예수님한테 의지하고 사세요.

다음 주부터 장로님 교육을 받은 후 담임목사님과 상담이 끝나고 세례를 받아야 우리 교회 교인으로 인정을 받을 수 있어요."

'교인이 되는 것도 뭐가 이리 복잡하냐? 시간 허비하고 돈 갖다 바치면서 확인도 안 된 천국을 간다는 말만 믿고 교회에 충실해야 하다니 이것은 아니다. 정말로 바보들이 웃을 일이군.'

나는 웃고 있었다.

"조타자 성도님, 왜 웃고 있어요? 교회 온 것을 후회하고 있는 것은 아니죠?"

"이명선 집사님, 나 같은 사람이 세상을 살아가는데 이렇게 사나 저렇게 사나 별 볼 일 없는 사람이지만 아무튼, 몇 주간 다녀보고 이야기하는 것이 좋겠습니다."

"예, 그래요. 그렇게 해요. 나중에 장로님 이야기도 듣고 목사님 이야기도 들으면 은혜가 넘쳐나 즐거워 춤을 출 거예요."

"이명선 집사님, 과연 그럴까요?"

"그럼요. 천국에 가는 길을 누가 마다하겠어요? 이승에서의 부귀영화는 순간이고 천국에서는 부귀영화를 영원히 누리며 사는데 욕심 안 낼 사람이 있겠이요?"

'그것은 그렇군.'

나는 예수님을 믿는 형제들의 행동을 조금은 긍정적으로 생각하게 되었다.

"이명선 집사님, 그러면 절에 다니는 불자들은 죽으면 어떻게 될까요?"

"성도님, 부처를 믿는 것은 미신을 믿는 거예요. 당연히 지옥에 떨어지겠죠."

'뭣이? 지옥에 떨어진다고? 지옥이 얼마나 무서운 곳인데……가월유발 스님을 지옥에 떨어지게 할 수 없다.'

나는 가월유발 스님이 떠올라 머리가 깨질 것 같아 얼른 교회를 떠나고 싶은 마음에 말을 하였다.

"김미란 집사님, 교육이 끝난 것 같은데 집에 가도 되겠지요?"

"조타자 성도님, 나는 성도님과 더 많은 이야기를 나누고 싶은데 성도님께서 집에 가고 싶다면 어쩔 수 없죠. 대신, 언제가 될지는 모르지만 교회가 아닌 다른 장소에서 한 번 뵙고 싶네요. 그럴 수 있지요?"

"김미란 집사님께서 원한다면 언제든지 전화주세요. 이렇게 만난 것도 인연인데 못 만날 것도 없지요."

"성도님, 이왕 여기까지 온 마당에 오후 예배까지 보고 가시면 안 될까요?"

"이명선 집사님, 목사님이나 교인들이 하는 말은 하나같이 다 좋은 말만 하는 것 같은데 내가 성경 몇 구절 읽어보니 이건 아니다 생각이 들어요. 그래서 집에 가서 생각을 좀 해봐야겠어

요."

"조타자 성도님이 믿음이 부족하고 처음 성경을 읽어서 그런 생각이 들 수 있어요. 오늘은 첫날이니 그렇게 하세요. 그리고 다음 주에 잊지 말고 꼭 교회에 오세요."

나는 천국 간다는 이명선 집사 이야기를 들으면 들을수록 꿈을 꾸고 있다고 생각하면서 집으로 가고 있었다. 그런데 그때, 차 안 라디오 방송에서 세상이 깜짝 놀랄 만한 뉴스가 흘러나오고 있었다. 이스라엘 어느 도시 교회에서 불이 나 수십 명이 죽고 수백 명이 부상을 입었다는 것이었다.

'하나님이 교회에 있다는 이야기를 들은 것 같은데 그리고 예수님이 탄생한 나라에서 어떻게 그런 일이 일어날 수 있다는 것이냐? 물론, 가끔 가다 절에서도 불이 나 그런 일이 있었지만 하나님이 있는 교회에서 불이 나 예수님을 믿고 착하게 살아가고 있는 하나님의 아들딸들을 데려가다니…….'

나는 예수님이 미래의 인간들 죄까지 다 짊어지고 가셨다는 안영선 권사, 이명선 집사 이야기가 다 거짓말 같다는 생각이 들았다. 물론, 인간이 살이기고 있는 세상이라 그런 일이야 있을 수 있겠지만 교회에서 하나님의 아들딸들을 데려가다니……. 하나님이 우리를 사랑한다는 말도 다 거짓말 같았다. 물론, 세상을 살나보면 일마든지 일어날 수 있는 일이지만 이것은 이니다. 더더욱 믿을 수 없는 일이 벌어지고 있는데 교회에서 불이 난 이것 또한 어쩌면 교회 말쟁이들은 하나님이 하늘나라에서 쓰기 위해 그래서 빨리 데려간다고 핑계 아닌 핑계를 댈 수도 있겠다 싶은데 그 말은 교인들을 안심시키는 하나의 핑계라는 생각이 들었다. 그래서 교회에서 이런저런 거짓말을 하면서 '주여, 주여……' 하는 것보다 예수님을 알았으니 교회에 다니지 않아도 예수님의 사랑을 실천하며 사는 것이 오히려 천국 가는 길이 아닌가 하는 생각도 들었다.

〈 3 〉

 나는 그 다음 일요일, 천주교에서는 우리 인간들을 무슨 말로 설득하고 있을까 하는 생각이 들어 이번에는 성당에 도둑고양이처럼 슬그머니 들어가 앉아 있었다.
 '여기는 교회하고 분위기가 너무나 다른데 별나게 하나님을 믿고 천국 가라는 수다 떠는 사람이 없어 좋군.'
 나는 한참을 성당 안에서 예수님이 십자가에 못 박혀 죽은 십자가를 보고 있는데 내 옆자리에 나와 같은 또래 남자가 와 가슴에 손을 좌우로 흔들며 기도하고 말을 걸고 있었다.
 "우리 성당에는 처음 오신 것 같은데 그런가요?"
 "예, 맞아요. 저는 성당이 처음입니다."
 "아아, 그렇군요. 나도 성당에 다닌 지는 얼마 되지 않아요. 처음에는 우리 집사람 때문에 오게 되었지만 다니다 보니 교회하고 다른 점이 있어서 지금은 편안히 성당에 다니고 있어요."
 "선생님께서는 교회에도 다니셨군요?"

"예, 그래요. 어느 집사님 권유로 몇 번 나갔어요."

"그럼, 교회하고 다른 점이 무엇이던가요?"

나는 교회하고 다르다는 말에 혹시나 가정사 이야기가 나오나 싶어 묻고 있었다.

"선생님께서 우리 성당에 처음 오셨다니 조심스럽게 말하겠습니다. 사실은 교회나 성당이나 하나님을 믿는 것은 똑같아요. 그러나 약간 다른 것은 성당에는 부모님 제사상을 차려놓고 절을 하고 모시지는 않지만 제사상에 부모님 사진도 걸어놓고 부모님이 돌아가신 날을 잊지 않고 돌아보는 것이지요. 교회에서는 아예 제사상을 차려놓는 것을 못하게 하고 있으니 다르지요."

'옳거니! 그래, 그것이 맞다. 자기를 낳아주신 부모님 은혜를 바람에 날려버리고 하나님한테만 매달리는 것은 아니다. 부모님이 있고 하나님이 있는 것이 맞다.'

나는 기뻐 춤이라도 추고 싶었다.

'교회는 십일조네, 건축 헌금이네, 무슨 무슨 헌금이네, 온갖 헌금을 내면서 부모님 제사 지내는 돈이 아까워 미신을 믿는다는 핑계를 대며 부모님도 모르는 패륜아로 만들고 있는데 그것은 누구를 위한 것이냐? 저 하늘나라에 있는 하나님한테 바치는 것도 아닐 테고 교회를 배불리 살찌게 해 무슨 이득이 있다는 것이냐? 죽으면 누가 대신 심판받아주는 것도 아니고 천국에 갈지, 지옥에 떨어질지 모르는데 너무나 어처구니없는 일이 아닐 수 없다.'

나는 예수 기독교를 믿는 신자들이 죽어 천국에 갈지 모르지만 너무너무 재미있겠다는 생각에 멍하니 성당 천장만 쳐다보고 있었다.

'그렇다면 가월유발 스님이 믿고 있는 절은 어떨까? 거기도 극락에 간다고 야단법석을 떨고 사람들을 꼬드길까? 가월유발 스님을 보면 그런 것 같지는 않은데 모르겠군.'

나는 절에도 가고 싶은 생각이 더 깊게 가슴을 파고들고 있었다.

'스님을 지옥에서 구해내기 위해서는 스님을 가까이 해야 하는데 어떻게 해야 하느냐? 나는 사고가 난 후로 정신이 오락가락 왔다 갔다 할 때가 있는데 내가 사랑한다 말하고 그 길을 가지 못하게 할 수도 없고, 그렇다고 나 몰라라 할 수도 없고······. 이것 참, 대책이 없군.'

나는 깊은 시름에 빠져 있었다. 그때, 따르릉, 따르릉. 김미란 집사한테 전화가 걸려오고 있었다.

"예, 조타자입니다."

"조티지 성도님, 나와 한 약속을 잊지는 않았겠지요?"

"그게 무슨 말이에요? 내가 언제 김미란 집사님과 약속을 했다는 거예요?"

"조타자 성도님, 나와 한 약속을 벌써 잊었어요? 언제든지 밖에서 만나주기로 약속했잖아요?"

"내가 그랬었나? 가만, 아, 그렇지, 그렇지. 그런 것 같군. 어디서 만날까요?"

'빌어먹을 사람, 나를 이 꼴로 만들어놓고 무슨 엉뚱한 짓을 하고 있는 것이냐? 너는 지옥에 떨어질 것이다.'

김미란 집사는 장소를 생각하는지 한참을 있다가 말을 하였다.

"서면 롯데호텔 커피숍에서 오후 2시에 만났으면 하는데 성도님 시간 괜찮으세요?"

"김미란 집사님, 그럽시다. 오후 2시에 시간 어기지 않고 나가겠습니다."

나는 정확히 오후 2시에 롯데호텔 커피숍에 들어가고 있었다. 그런데 그때, 카운터에 있던 아가씨가 달려와 나를 위아래로 훑어보다가 고개를 갸우뚱거리더니 말을 하였다.

"혹시, 조타자 소설가 선생님이 아니세요?"

"예, 맞습니다. 내가 조타자 소설가입니다."

"맞는군요? 방금 어느 아주머니께서 조타자 소설가님께 이

쪽지를 전해주라 하고 가셨는데 내가 실수할까봐 겁이 났어요. 찻값은 그 아주머니께서 내시고 가셨으니 이쪽으로 앉으세요."

"아가씨, 그 분이 가신 지는 얼마나 되었나요?"

"방금 가셨으니 한 5분 정도 됐을 거예요."

'5분이라? 5분을 못 기다렸다면 급한 일이 생겼군. 이럴 줄 알았으면 전화번호를 알아둘 걸. 아쉽군.'

나는 쪽지를 조심조심 펴 읽고 있었다.

[조타자 성도님, 죄송해요. 급한 일이 생겨서 미안합니다.]

'간단하군. 세상사 살다보면 무슨 일이야 얼마든지 일어날 수 있지. 그렇다면 경황이 없었겠지.'

나는 차를 마시며 옛날 기억을 떠올리고 있었는데 그때, 따르릉, 따르릉 안영선 권사한테 전화가 왔다.

"예, 조타자입니다."

"조타자 성도님, 오늘 김미란 집사님과 만난다고 하던데 잘 만나고 있나요?"

"아니요. 김미란 집사님 못 만났어요. 김미란 집사님이 약속 장소까지 왔다가 급한 일이 있어 쪽지만 남기고 가셨는데 걱정이군요."

"성도님, 별일이야 있겠어요? 너무 걱정하지 말아요."

"안영선 권사님, 혹시 김미란 집사님 전화번호 알고 있나요?"

"예, 알고 있어요. 문자로 알려드릴까요?"

"예, 권사님, 알려주세요. 무슨 일인지 궁금해서 살 수가 없을 것 같아 전화라도 한 통 해봐야겠어요."

'이 사람들이 얼굴도 제대로 못 알아보고 그랬는데 궁금해 살 수 없다니 그것 참 재미있군.'

안영선 권사는 교인답지 않게 이상한 생각을 하고 웃으며 김미란 집사 전화번호를 문자로 보내고 있었다. 나는 안영선 권사가 보내준 문자를 받고 반가워 찻잔을 들었다 놓고 바로 김미란 집사한테 전화를 걸었지만 신호만 계속 가고 김미란 집사는 전화를 받지 않았다.

'전화도 못 받을 만큼 급한 일인 것 같군.'

나는 창 밖 구만리 하늘만 바라보고 있었다.

'김미란 집사가 밖에서 만나자고 한 걸 보면 보통 심각한 것이 아닌 것 같은데 그것이 무엇일까? 그래, 뭐든지 인내가 필요한 것이 인생이라고 했다. 서둘 필요는 없다. 때가 되면 자연히 과거에 있었던 일들을 알게 되겠지.'

나는 그때서야 안심이 되어 자리를 떠나고 있었다.

〈 4 〉

　오늘은 10월 5일, 정두섭 친구와 가월유발 스님을 만나는 날이다. 그런데 평소와는 달리, 나는 교회에 간 것이 불안하고 엄청난 죄를 지은 것처럼 가슴에 어마어마한 쇳덩이를 안고 있는 듯 무거운 발걸음으로 장림 포구에 있는 부네치아 선셋 카페에 들어가고 있었다.
　'교회에서는 부처를 믿는 것은 미신을 믿는 것과 같다고 했는데 어떤 방법으로든 가월유발 스님이 지옥에 가는 것은 막아야 한다.'
　내 가슴은 콩닥콩닥 뛰고 있었다.
　"불자님, 어서 오세요. 기다리고 있었어요."
　"가월유발 스님, 그동안 안녕히 계셨어요?"
　"예, 예. 불자님 덕분에 부처님 모시고 잘 있었어요. 그런데 불자님 얼굴에 불안한 기색이 안개처럼 짙게 깔려 있는데 무슨 일이 있었어요?"
　"스님, 그렇게 보여요? 내가 요즘 밤잠을 설칠 일이 있어서 며칠 동안 뜬눈으로 지내다시피 했더니 내 얼굴에 표시가 나나 보군요?"

"불자님, 세상 살아가는데 어렵게 생각하지 말고 오늘 하루가 즐겁다 생각하고 마음을 비우고 사세요. 욕심은 끝이 없어요."

"스님, 나는 빈털터리 인생, 욕심 낼 것도 없고 하루가 무사히 지나면 감사하게 생각하고 살아가는 사람입니다. 스님께서는 그것은 염려하지 않아도 돼요."

"불자님, 그래요. 불자님은 워낙 성품이 착해서 물론 그럴 거라 믿어요. 그러나 불자님 얼굴에 수심이 가득한 것이 혹시 가질 수 없는 욕심을 내고 있는 것은 아닌지 해서 말한 것뿐이니 너무 신경 쓰지 말아요."

"스님, 그래요. 우리 인간이 이승에서 살아가면서 부리는 욕심이 저승에서는 죄만 키우고 있다고 귀신들이 말한 것 같았어요. 나는 이제는 가진 것 없다고 슬퍼하지 않을 거예요."

"불자님, 그럼요. 이 세상 사람 누구나 밥 세 끼 먹고 사는데 그것으로 행복하다 생각해야지요."

"암, 암, 그래야지요."

'그러나 지옥에 떨어지는 일은 없어야 한다.'

나는 교회에서 이명선 집사가 말한 부처를 믿으면 지옥에 떨어진다는 말 때문에 넋을 놓고 가월유발 스님을 바라보고 있었다.

"불자님, 왜 그래요? 내 얼굴에 뭐가 묻었나요? 왜 그리 넋을 놓고 나를 쳐다보고 있는 거예요?"

"스님, 스님 얼굴에 뭐가 묻어 있는 것이 아니라 오늘따라 스님 얼굴이 달덩이 같이 아름답고 예뻐 보여서 훔쳐보고 있었는데 스님한테 들켜버렸군요."

"호호호. 불자님은 농담도 잘하시는군요."

가월유발 스님은 박장대소를 지르며 웃고 있었다.

"두섭이 이 친구는 30분이 지났는데 왜 아직도 안 오지? 약속은 반드시 지키는 친구인데 오다 무슨 사고가 난 것은 아닐까?"

나는 민망해 약속 시간에 늦는 친구 정두섭 걱정을 하고 있는 것처럼 말하고 있었다.

"불자님, 두섭 불자님 걱정은 하지 말아요. 곧 올 거예요."

"스님, 그래요. 그 친구는 보기에는 허술해 보여도 대기업에 다녔던 친구라 약속을 해놓고 어길 친구는 아니니 사고 난 게 아니라면 곧 올 거예요."

입이 보살이라고 내 말이 끝나기가 무섭게 정두섭은 환한 미소를 짓고 멋쟁이 신사와 함께 들어오고 있었다.

"미안, 미안. 스님, 늦어서 미안합니다. 카페에 들어오려는데 회장님이 지나가다 나를 보고 차에서 내려 이야기하다 조성두나 자네 이야기와 가월유발 스님 이야기를 했더니 회장님께서 스님을 한 번 보고 가겠다고 해서 모시고 왔는데 스님, 실례가 안 될지 모르겠네요?"

"정두섭 불자님, 우리 인간의 만남은 인연이 있어야 만나는 거예요. 회장님과 나와의 만남은 어쩌면 부처님의 뜻이겠지요."

"스님, 제가 이렇게 불쑥 나타나 죄송합니다. 저의 당돌한 행동을 용서해주십시오. 정두섭 이 친구는 우리 회사 전무로 있었는데 퇴사한 후 연락이 끊겨 궁금하던 차 우연히 차를 타고 가다 보게 되어 반가운 마음에 차에서 내려 이야기하다 보니 스님 이야기를 듣고 스님을 한 번 뵙고 싶어서 왔는데 제가 무례한 짓을 한 것은 아닌지 모르겠네요."

"회장님, 잘 오셨어요. 저는 가월유발 스님입니다. 회장님께서는 혹시 제가 조성두나 불자님한테 했던 이야기를 듣고 오신 것이 아닌가요?"

"하하하. 스님을 속일 수가 없군요. 그래요. 스님은 얼굴만 보고도 앞날을 예언한다니 정말 신통하십니다. 제가 큰일을 눈앞에 두고 이래야 할지 저래야 할지 잠을 잘 수 없었는데 그것을 스님께 여쭙고자 왔습니다."

"회장님은 고민할 만하네요. 만일에 이번에 하려고 하는 사업이 실패하면 회장님이 지금까지 이뤄왔던 사업이 하루아침에

물거품이 될 수도 있는 일이니 그럴 수 있겠네요."

'저 여자는 스님이 아니라 귀신이군.'

정주영 회장은 혀를 내두르고 있었다.

"가월유발 스님, 맞아요. 회장님께서 얼마나 상심이 컸으면 가다가 차에서 내려 나한테까지 말했을까요? 스님, 우리 회장님은 돈을 벌어 자신만 배불리 사는 것이 아니라 어려운 이웃사람도 챙기고 사회에 봉사 활동도 많이 하고 있습니다. 회장님께서 그 사업을 밀고 나가야 할까요, 말아야 할까요?"

"두섭 불자님, 나는 내 일생에 예언할 수 있는 사람은 세 사람뿐이에요. 그런데 조성두나 불자님한테 이미 한 번은 했고 두 사람이 남았는데 회장님은 돈이 많아 어디에 쓸까 고민하는 사람이라 내 마음이 내키지 않는데 어쩌지요?"

"스님, 나는 지금 있는 재산만 가지고도 죽을 때까지 일하지 않고 살 수 있어요. 그리고 내 자식들한테는 안 물려줄 거예요. 지금도 자식들 능력에 따라 사업을 하고 있어요. 그래서 하는 말인데 내가 이번 일을 성공하면 더 많은 사람들에게 도움을 줄 수 있겠다 싶어 하고 싶은 거예요."

"회장님, 그래요? 회장님은 마음이 비단같이 고와 충분히 그럴 수 있겠네요. 회장님께서는 초년에는 사업에 실패하고 삶을 포기히려고까지 했었는데 우연히 만난 스님 때문에 살 수 있었고 그 뒤로는 실패 없이 승승장구했는데 이번 사업도 큰 어려움 없이 잘 되실 기예요. 주지하지 말고 하세요. 꼭 성공할 거예요."

"스님, 그래요. 맞아요. 그 스님은 돌아가시고 지금은 세상에 안 계시지만 나는 그 스님 말씀에 오늘까지 살아왔고 사업은 날로 번창했지만 돈에는 큰 욕심은 없어요. 이번이 마지막이다 생각하고 스님 말씀 믿고 일사천리로 사업을 추진하겠습니다. 내 이름은 정주영입니다. 꼭 기억해주시면 감사하겠습니다. 스님, 복채는 얼마나 드릴까요?"

"회장님, 복채라니요? 나는 돈을 받고 점을 쳐주는 그런 점성가가 아니에요. 그런 말씀 함부로 하지 말아요. 회장님께서 성공한 뒤 사회사업도 하신다니 정두섭 불자님과 조성두나 불자님한테 도움을 주셨으면 하는 바람은 있어요. 그러니 나한테는 일 원짜리 하나도 주실 생각을 하지 말아요. 나는 세상 사람 다 좋아하는 돈에는 관심이 없어요. 그냥 하루 밥 세 끼 먹고 살 수 있다면 그것으로 충분합니다."

"스님, 그래도 그렇지 억만 금을 주고도 들을 수 없는 말을 들었는데 어떻게 나 몰라라 할 수 있나요? 내 성의를 다 하고 싶군요. 그리고 조성두나 님께서는 기초 생활 수급자로 어렵게 산다고 들었어요. 가월유발 스님 뜻을 받들어 챙겨드리겠습니다.

정두섭 전무님은 우리 회사에서 퇴사했지만 다시 모셔 같이 일 하겠습니다."

"회장님, 고맙군요. 회장님, 부처님을 믿는 불교인이나 예수 그리스도를 믿는 기독교인들이나 믿는다고 다 극락에 가고 천국에 가는 것은 아니에요. 얼마만큼 덕을 쌓고 사느냐, 얼마만큼 죄를 짓지 않고 사느냐에 따라 극락과 천국에 가는 거예요. 회장님 마음은 바다와 같이 넓은데 종교를 믿고 있나요?"

"스님, 나는 어떤 종교도 믿지 않아요. 그냥 될 수 있으면 죄 안 짓고 내 양심대로 살다가겠다는 생각으로 살아가고 있어요."

"회장님, 그것이 정답일 수 있겠네요. 부처님이나 예수님이 종교를 편 가르고 내가 옳다고 말한 것이 아니라 우리 인간이 세상에 태어났으면 너와 내가 사랑하며 자비를 베풀고 살라 하셨거든요. 회장님께서는 종교는 안 믿는다니 착한 일을 하며 산다면 저승에서는 무릉도원에 떨어져 살 수도 있겠네요. 더 많이 베풀며 사세요."

"스님, 그렇게 생각해주셔서 감사합니다."

"회장님, 제가 주제넘게 많은 이야기를 한 것 같네요. 용서해주세요."

"가월유발 스님, 아닙니다. 사실 나는 애가 없어요. 그래서 딸 하나, 아들 둘을 입양하여 같이 살고 있지만 걔들에게 나를 의

4. 63

지하지 말고 살라고 항상 말하고 있어요. 그래서 그런지 지금은 셋 다 자기들 사업을 하고 있어요. 그런데 내 둘째 며느리가 교회에 미쳐 십일조네 무슨 무슨 헌금이네 하며 교회에는 돈에 욕심이 없는 사람처럼 아낌없이 펑펑 갖다 바치면서 이웃을 대하는 마음은 아주 인색한데 나는 아무리 생각해도 이해할 수 없어요. 어떨 때는 천사 같은 행동을 하고 어떨 때는 짐승 같은 행동을 하는데 내 며느리가 어쩌면 두 얼굴을 하고 하나님을 믿는 것 같아서 이것이 하나님을 믿는 것인지 나는 아직도 내 며느리 마음을 이해할 수 없어요."

"회장님, 교회에서 십일조네, 무슨 무슨 헌금이네 하는 것을 예수님이 그 시절 살기도 어려운데 번 돈을 나를 위해 써라 그래야 천국에 간다 했겠어요? 세월이 흘러가다 보니 교인들이 이래도 되겠구나 하고 꾸며낸 짓이 아닌가 하는 생각이 들어요. 그러니 그러려니 생각하세요. 나도 부처님을 모시고 사는데 절의 큰스님이 말하는 대로 따라는 하고 있지만 2천 년이 넘는 세월이 흘러갔으니 그냥 그런가 생각하고 어떨 때는 내가 하고 싶은 것은 다 하고 살고 있어요."

"스님, 그럴 수밖에 없겠군요? 교회에서는 하나님을 믿어야 천국 간다는데 그 길을 못 가게 할 수 없는 노릇이니 그러려니 생각하고 살 수밖에 없겠군요. 아무튼, 내 사업도 그렇고 이런

저런 이야기 잘 들었습니다. 내 급한 일이 있어서 이만 실례하겠습니다."

회장은 스님과의 이야기가 만족스러운 듯 싱글벙글 웃으며 카페를 떠나고 있었다.

"스님, 내 회장님을 이 앞까지 배웅하고 오겠습니다."

"정두섭 불자님, 그러세요."

"스님, 정주영 회장은 우리 같은 사람과도 격의 없이 말도 시원시원하게 하고 교만하지도 않아 호감이 가는 인물이군요."

"조성두나 불자님, 정주영 회장은 그것이 타고난 팔자예요. 그래서 내가 예언을 해준 거예요. 정주영 회장은 죽기 전에 자신이 가지고 있는 돈 대부분을 세상이 깜짝 놀랄 만한 일에 사용하고 떠날 거예요. 내가 그것 때문에 종교 이야기도 하고 사후 세계 이야기도 했던 거예요."

"스님, 정말 재미있는 세상이 열리겠네요?"

"조성두나 불자님, 그래서 세상은 악한 자가 있으면 선한 자가 있다는 것이지요. 이것이 평범한 진리지만 그래서 다른 길을 가고 있는 조성두나 불자님이 있고 내가 세상에 있는 거예요."

"스님, 하긴 그렇군요."

그때, 정두섭은 뭐가 그리 기쁜지 꼭 미친 사람처럼 피식피식 웃으며 들어오고 있었다.

"스님, 스님 덕분에 내 팔자가 노년에 꽃길만 걸어가게 되었어요. 스님과 나는 이제 세상 부러워할 것 없이 살게 되었어요. 회장님이 나를 스님과 가교 역할을 맡아 달라면서 그룹 고문으로 추대한다 했고, 스님이 원하는 것은 무엇이든 준다 했어요. 그리고 조성두나 저 친구도 스님 말씀대로 무엇으로 세상에 빛을 볼지 모르나 적극적으로 돕겠다고 했으니 얼마나 기쁜 일이에요?"

"정두섭 불자님, 이것은 두 불자님들이 악하게 살지 않고 선을 행하고 살았기에 하늘의 뜻이 아닌가 생각합니다. 겉으로는 극락을 말하고 천국을 말하면서 속으로는 욕심이 많아 시기하고 질투하는 사람이 부지기수이거든요. 그런데 정두섭 불자님은 친구가 잘되는 것을 기뻐하는 것을 보니 하늘에서 복을 내리지 않나 싶어요. 앞으로 두 분이 사는 날까지 변치 말고 행복하게 살았으면 좋겠네요. 그리고 오늘처럼 정주영 회장님과 같은 일은 없었으면 합니다."

"스님, 회장님께서 스님 드리라고 천만 원을 주고 가셨습니다. 일이 성공하면 스님께서 원하는 만큼 준다고 하셨으니 적어도 받아주십시오."

정두섭은 스님이 회장님한테 서운해 그런 말을 한 줄 알고 눈치 빠르게 천만 원을 내놓고 있었다.

"정두섭 불자님, 나를 그렇게 보았다니 섭섭하군요. 내가 재물에 눈이 멀었다면 조성두나 불자님이나 정두섭 불자님과 이렇게 가까이 하지 않아도 내 곁에 구름처럼 많은 인파가 모여들고 있을 거예요. 나는 내 입에 풀칠이라도 하고 살면 그것으로 만족한 사람이에요. 그 돈 회장님한테 돌려주세요. 그래야 우리가 진정한 친구로 지낼 수 있어요."

"두섭이, 스님 말씀대로 하게. 그것이 좋겠네. 스님께서 저렇게 노발대발하니 어쩔 수 없는 일이 아닌가?"

정두섭은 스님과 회장님 관계에 가교 역할을 해달라는 회장님 말에 자신 있게 대답했었는데 난처해졌다. 그래서 아무 말 없이 울상을 하고 있었다.

"정두섭 불자님, 회장님은 그 사업에 성공할 것이고 인생 살아가는 데 어떤 어려움도 없는 사람입니다. 나를 찾지 않아도 부귀영화를 누리며 사는데 더 이상 나를 찾을 일이 없을 테니 너무 염려하지 말아요."

"친구, 스님 말씀대로 회장님이 사업 일 말고 스님을 찾을 일이 없지 않은가? 기운 내게."

"조성두나 친구, 그렇긴 하네만 나는 회장님이 호탕한 성격이라 어쩌면 우리와 함께 친구처럼 노후를 보낼 수도 있겠다 싶어 기대를 걸고 있었는데 물거품이 된 것 같아 아쉬움이 남는군."

"정두섭 불자님, 회장님이 우리와 끊을 수 없는 인연이 있다면 오늘처럼 자연스럽게 만남이 이뤄질 거예요. 그러니 너무 상심하지 말아요."

"스님, 오늘 내가 회장님을 만난 것은 하늘의 뜻이라 생각했었는데 인연이 있다면 얼마든지 또 다시 오늘과 같은 날이 있겠네요? 이 돈은 내일 당장 회장님께 돌려드리겠습니다."

정두섭은 말을 하고 기쁜지 연거푸 차를 마시고 있었다.

"자, 자, 자, 이제 그 이야기는 그만하고 조성두 불자님, 아까 들어올 때 불안한 기색이 역력했었는데 한 달 동안 무슨 일이 있었는지 말해줄 수 있어요?"

"스님, 어쩐지 입이 떨어지지 않아 말하기가 쉽지 않군요."

"불자님, 우리는 친구예요. 어려운 일이 있으면 같이 걱정하는 것이 친구예요."

"스님, 사실은 전에도 말했지만 내 형제들이 교회에 미쳐 부모님 제사를 찬송가만 부르고 기도로 끝내 그래도 되는지 알고 싶어서 교회도 가고 성당에도 가보았는데 이해할 수 없는 말들을 하고 있더군요. 그래서 그것을 믿고 따르는 형제들이 불쌍하다는 생각이 들어요. 예수님이 하나님이라고 하고 죽었다가 3일 만에 살아나 이 땅에서 40일간 우리와 같이 살다가 하늘로 승천했다는데 저 뜬구름 속에서 40일간 살았다면 몰라도 천지를 창조하셨다는 영이신데 우리 인간과 40일 동안 함께 있었다는 것이 소설을 쓰는 것 같아 하도 오락가락하는 말이라 뭐가 뭔지 혼란만 와 걱정이 태산 같네요."

"아아, 그래서 그랬군요? 조성두나 불자님, 교회의 목사님 말이나 교인들 말은 믿고 싶으면 믿는 것이고 믿고 싶지 않거든 그런가 생각하세요. 그것 때문에 사색이 되어 들어온 것이군요?"

"스님, 내 그것만은 아니에요. 스님이 걱정이 되어 잠을 잘 수가 없어요. 교회의 목사가 말하기를 부처님을 믿는 것은 미신을 믿는 거라면서 부처님을 믿는 사람은 죽으면 지옥에 떨어진다는데 스님을 생각하면 잠을 이룰 수가 없어요."

"조성두나 불자님, 고맙군요. 나를 친구라 생각하고 내 걱정을 하고 있다니 나는 행복한 사람이군요."

"스님, 스님을 잊고 살 수도 없는데 어쩌겠어요? 스님이 지옥에 떨어진다는데 내가 할 수 있는 것이 아무것도 없어 가슴이 아프군요."

스님은 기뻐서 그런지 슬퍼서 그런지 눈물을 뚝뚝 떨어뜨리고 있었다.

"스님, 죽으면 죽은 귀신이라도 유황불 속에 떨어져 고통을 받는다는데 절에서 빨리 나오는 것이 어떨까요?"

정두섭도 지지 않고 스님을 위하는 척 말하고 있었다.

"정두섭 불자님, 목사도 이승에서 어떻게 사느냐에 따라 지옥에 떨어질 수 있어요. 그리고 부처님이 세상에 태어난 지는 2568년이 되었고, 예수님이 세상에 태어난 지는 2024년이 되었으니 부처님이 예수님보다 544년을 먼저 세상에 태어난 거예요. 그러니 생각해봐요. 부처님도 부처님 제자들도 예수님이 세상에 태어날 거라는 것을 몰랐으니 예수님에 대해 이러쿵저러쿵 말할 수 없지만 예수님 제자들은 얼마든지 부처님을 헐뜯고 부처님을 믿으면 지옥에 떨어진다고 비방하는 말을 할 수 있을 거예요. 그래서 나는 예수 기독교인들이 믿고 있는 성경 대부분이 예수님 제자들이 하는 말 같아서 믿지 않아요. 그러니까 조성두나 불자님이나 정두섭 불자님은 내 걱정은 이제 하지 말아요."

"스님, 그것도 어쩌면 맞는 것 같네요. 내가 언젠가 딱 한 번 교회 권사님 따라 교회에 갔었는데 하나님은 우리 눈에 보이지 않는다면서 우리 인간이 하는 모든 것을 지켜보고 있다고 하는데 지구 인구가 77억여 명인데 아무리 신이라도 그것이 가능할지 나는 너무나 황당한 말이라 고개만 젓다가 왔어요. 그리고 그날 우연히 오늘의 양식이란 책을 읽게 되었는데 거기서도 '하나님이 모세에게 내 손에 있는 것이 무엇이냐 물으셨습니다. 그것은 지팡이였습니다(출애굽기 4:2). 하나님의 지시에 따라 모세가 그것을 땅에 던지자 지팡이가 뱀으로 변했습니다. 내키지 않았으나 모세가 뱀을 집어 들자 그것은 다시 지팡이가 되었다.'고 했는데 어떻게 하나님이 우리 인간의 눈에 보이지 않는다면서 모세 앞에 나타나 그런 불가사의한 기적을……? 나는 오늘의 양식 그 책자를 보고 믿음이 가지 않아 그 뒤로는 교회에 가지 않았는데 맞아요. 스님 말이 백 번, 천 번 맞는 말입니다. 천지를 창조하셨다는 하나님이 우리 인간 앞에 나타나 그 같은 일을 했다는 것은 짐승들도 웃을 일입니다. 그러니 스님께서는 아무 걱정하지 말고 스님이 가던 길을 가는 게 좋겠습니다. 우리가 두려운 것은 죄를 짓는 일이지 종교를 믿고 안 믿고는 큰 문제가 아니라는 생각이 듭니다. 물론, 부처님을 믿고 예수님을 믿으며 죄를 안 짓는다면 이 생에서 죽으면 저승에서 더 좋은 다음 생으로 가겠지만 우리가 한 번 왔다 가는 인생, 종교를 안 믿어도 부처님의 가르침인 자비와 예수님의 가르침인 사랑을 하면서 이 세상에 살아 있어 행복하다 생각하고 사는 것이 좋겠다 싶어요."

"두섭이, 아주아주 멋진 생각이네. 부처님은 황야에서 고통을 당해가며 우리 인간이 자비를 베풀며 살다가기를 원했고, 예수님은 십자가에 못 박혀 죽으며 우리 인간이 사랑하며 살기를 원했을 거라 생각이 드네. 우리는 부처님의 가르침과 예수님의 가르침대로 가까이 살면서 이 좋은 세상을 즐기며 살아가세."

"친구, 그렇지만 우리는 하고 싶은 것이 있어도 마음뿐이지 할 수 없는 그런 나이가 아닌가? 나는 과감하게 욕심을 뿌리칠 수도 없는데 회장님께서 나를 그룹 고문으로 추대한다지만 내 마음 속은 갈대처럼 흔들리고 있다네. 그래서 스님께서 가라면 가고 가지 말라면 이대로 살고 싶네. 스님, 어떻게 할까요? 회장님 뜻을 받아들여야 할까요, 말아야 할까요?"

"정두섭 불자님, 아까는 노후에 꽃길만 걷게 됐다고 좋아하지 않았어요?"

"스님, 물론, 그랬지요. 그런데 조성두나 저 친구가 가진 것 없이 살면서 밝게 사는 것을 보니 저것이 행복이 아닐까 생각이 들어 내가 가는 길이 내 욕심 같아서 마음이 흔들리고 있어요."

"정두섭 불자님, 조성두나 불자님은 글을 써야 하는데 사업을 한다면서 많은 사람들한테 돈을 갖다 퍼주고 자신은 빈털터리 신세가 되어 살고 있지만 마음이 비단 같이 고와 언젠가는 빛나는 별과 같이 떠오를 거예요. 정두섭 불자님께서도 그 자리에 욕심이 없다면 조성두나 불자님처럼 욕심을 버리고 지금처럼 사는 것이 좋겠다는 생각이 들어요. 저는 점쟁이가 아니니 꼭 내 말을 따를 필요는 없어요. 정두섭 불자님께서 알아서 하세요."

정두섭은 스님 말에 머리에 먹구름이 내려앉은 듯 앞이 캄캄하여 한참을 멍하니 스님만 바라보고 있었다.

'조성두나 저 친구는 욕심 없이 살았기에 노후에 팔자가 꽃처럼 피게 된다는 거고, 나는 그럼 무엇이냐? 이것도 아니고 저것도 아니고 헷갈리는 말만 하고 있는데…….' "스님, 그러지 말아요. 나는 스님이 원한다면 지옥불 속이라도 마다 않고 함께할 거예요. 내가 제이그룹 고문으로 가는 것도 우리의 행복을 위해서 가는 거예요."

"정두섭 불자님께서는 돈이 많으면 행복할 거라 생각하고 있군요?"

'저런, 저런, 귀신을 봤나? 어떻게 내 마음을?'

정두섭은 한참을 샛별 같은 눈을 뜨고 벌벌 떨며 스님을 바라보고 있다가 말하고 있었다.

"스님, 그래요. 요즘 세상, 돈이면 이 세상에 원하는 것은 다 가질 수 있는 것이 아닌가요?"

"두섭이 친구, 그것은 아니지. 잘못 생각하고 있네. 아무리 돈이 많아도 사람 마음은 가질 수 없는 것이 아닌가?"

"암, 암, 조성두나 불자님 말이 맞아요. 정두섭 불자님과 나는 그래서 어울리지 않아요. 그러니 나와 함께 지옥불 속이라도 뛰어들겠다는 엉뚱한 생각은 하지 말고 정주영 회장님과 함께하면서 행복했으면 좋겠어요."

'흥, 잘들 놀고 있는데 두고 봐라. 스님은 언젠가는 나를 좋아하게 될 것이다. 스님과 조성두나는 어울리지 않는다. 그리고 제이그룹 고문이 아무나 넘볼 수 있는 자리가 아니다. 나나 되니까 가는 것이다.'

정두섭은 빙그레 웃고 있다가 말하고 있었다.

"스님, 이런 기회는 일생에 한 번 올까말까 하는 하늘의 뜻인데 하고 싶어요."

"정두섭 불자님, 그럼, 하세요. 불자님 곳간에 재물은 태산처럼 많이 차곡차곡 쌓여갈 거예요."

스님은 말을 하고 바다가 출렁거리는 파도를 보면서 긴 한숨을 쉬고 있었다.

"두섭이, 정 회장님 회사 그룹 고문으로 추대되어 가도 우리 모임은 잊어서는 안 되네."

"조성두나 이 사람아, 내가 누구 때문에 그 자리에 가는데 잊겠는가? 나는 스님을 저 높은 하늘처럼 생각하며 살 생각이네. 나는 어떠한 일이 있어도 이날은 내 생애 최고의 날이라고 생각하고 비워두겠네. 염려 말게. 조성두나 자네도 회장님께서 챙긴다 했으니 적당한 자리를 줄 수도 있을 걸세."

"두섭이, 농담하지 말게. 나는 내 평생 직장 생활은 해본 적도 없고 직장 생활은 내 적성에도 맞지 않네. 나는 내가 이렇게 사는 것이 꽃길을 걷고 있다고 생각하니 행여 잔잔한 호수에 돌 던지지 말고 두섭이 자네나 회장님 신임을 얻어 행복하게 살았으면 좋겠네."

"정두섭 불자님, 그래요. 조성두나 불자님은 제가 알아서 모실 테니 불자님께서는 우리 걱정은 하지 말고 정주영 회장님과 넓은 세상으로 나가 큰 뜻을 이뤘으면 좋겠습니다."

"스님, 나를 따돌리고 있는 것 같은데 내 마음도 몰라주는 스님이 야속하군요."

정두섭은 스님과 평생을 같이하겠다는 마음이 들통날까봐 전전긍긍하며 말하고 있었다.

"두섭이, 스님께서 자네 마음을 충분히 알고 있으리라 생각하네. 그러니까 우리 다음달 5일에 다시 만나 더 깊은 이야기를 나누는 것이 어떻겠는가?"

나는 내 자신이 한없이 작아 보여 얼른 그 자리를 떠나고 싶어 말하고 있었다.

"정두섭 불자님, 조성두나 불자님 말대로 하는 것이 좋겠어요. 오늘은 우리 모두가 흥분하고 있는 것 같은데 다음달 5일에 다시 만나 차분하고 진지하게 많은 이야기를 하는 것이 좋겠네요. 오늘은 더 이상 아무 말도 하지 않는 것이 우리 우정에 금이

가지 않을 것 같네요."

"스님, 그럼, 그럽시다. 우리는 앞으로 남은 인생 세상 끝나는 날까지 함께 가게 될 테니 그 까짓것 한 달을 못 기다리겠습니까? 그러지요."

세 사람은 부네치아 선셋 카페에서 나와 뿔뿔이 헤어지고 있었다.

〈 5 〉

 다음날, 나는 일요일이라 발걸음은 교회로 향하고 있었다.
 "조타자 성도님, 기다리고 있었습니다. 어서 오세요."
 김미란 집사가 나와 반갑게 맞이하고 있었다.
 "김미란 집사님, 별일은 없었어요?"
 "예, 그럼요. 조타자 성도님 덕분에 별일은 없었어요. 지난번에 제가 약속을 지키지 못해 죄송했어요."
 "김미란 집사님, 그거야 사정이 있어 그랬던 것이 아닙니까? 이해합니다."
 "성도님, 내일은 어때요? 내일 시간 있으신가요?"
 "김미란 집사님, 저야 시간이 남아 세월과 친구삼아 살아가고 있어요. 물론, 시간 있어요."
 '그럼, 그렇지. 남의 가슴에 못을 박아놓고 네가 잘될 것 같으냐? 어림도 없다.'
 김미란 집사는 무슨 생각을 하는지 한참을 있다가 생각이 난 듯 빙그레 웃으며 말하고 있었다.
"조타자 성도님, 내일도 오후 2시에 롯데호텔 커피숍 어때요?"
"김미란 집사님, 좋아요. 시간 어기지 않고 나가겠습니다."
"성도님, 좋아요. 들어가요."
"그럽시다."
나는 김미란 집사를 따라 예배당으로 들어가면서 처음과 같이 두리번거리며 들어가고 있었다.
[네가 만일 네 입으로 예수를 주로 시인하며 또 하나님께서 그를 죽은 자 가운데서 살리신 것을 네 마음에 믿으며 구원을 얻으리니 사람이 마음으로 믿어 의에 이르고 입으로 신인하여 구원에 이르리라(롬10:9-10).]
"집사님, 저 말은 하나님께서 죽은 자 가운데에서 예수님을 살렸다는 것이 아닙니까?"
"성도님, 그래요. 맞아요. 하나님께서 그랬어요."
'그것 참, 하나님은 천지를 창조하셨고 우리 눈에 보이지 않는다면서? 그럼, 세월과 내가 친구가 된 것처럼 그런 것인가? 그렇다면 그럴 수 있겠군.'
"조타자 성도님, 교회에서는 어떤 불만도 가져서는 안 됩니다. 죄를 짓는 것이지요. 성경을 믿고 무조건 따라야 합니다."

"집사님, 물론, 그래야겠지요. 그러나 그것은 교인들이나 하는 짓이 아닐까요? 나는 아직은 교인이 아니에요. 그런데 저것도 어쩌면 말쟁이가 꾸며낸 것 같은데 내가 세월과 친구가 된 것을 생각하면 그럴 수 있겠네요."
"조타자 성도님, 하루아침에 예수님을 믿고 따를 수 없을 테니 교회를 꾸준히 다니다보면 믿음이 마음에서 올 거예요."
"성도님, 오셨군요? 반가워요."
"안영선 권사님, 반갑습니다. 지난번에 김미란 집사님 전화번호 알려주셔서 고마웠어요."
"성도님, 김미란 집사님을 만나 즐거운 시간을 보냈어야 했는데 일이 꼬여 두 분의 만남이 불발로 끝난 것 같은데 시간은 얼마든지 있어요. 너무 서운해 말아요."
"권사님, 그럼요. 제가 서운해 할 것도 없는 일이었어요."
'미친놈, 제 새끼가 하늘 아래 있는 줄도 모르는 바보 머저리 너는 그래서 죄를 받고 그 모양 그 꼴로 살고 있는 것이다.'
"성도님, 그래요. 성도님이 서운해 할 일은 아니지요. 우리 인생사 살다보면 얼마든지 있을 수 있는 일이었으니까요."
"집사님, 뭐가 이래요? 오늘은 주일날이에요. 지나간 일은 훨훨 털어버려요."
"권사님, 그래야지요. 그때는 어쩔 수 없는 일이었는데 조타자 성도님과 내가 무슨 미련이 있다고 아옹다옹하겠어요?"

"집사님, 그래요. 우리 인생 사는 것이 별 거 있나요? 그저 사는 날까지 우리는 하나님만 의지하고 사는 것이지요."

나는 두 사람 이야기를 듣고 묘한 느낌이 들어 고개를 설레설레 저으며 예배당으로 들어가고 있었다.

'김미란 집사 저 여자가 틀림없이 무슨 꿍꿍이속이 있다. 그것이 무엇일까?'

나는 아무리 생각을 해봐도 김미란 집사와의 이해관계가 떠오르지 않아 웃음만 절로 나왔다. 안영선 권사와 김미란 집사도 예배당으로 들어가다가 헌금 봉투를 집어 돈을 넣고 있었다.

'그렇지. 헌금인가 무엇인가도 해야지.'

나도 헌금 봉투를 집어 5천 원짜리 지폐를 꺼내 슬그머니 넣고 말하고 있었다.

"안영선 권사님, 하나님께서 교인들이 헌금하는 것을 알고 있을까요?"

"성도님, 그럼요. 하나님께서는 다 알고 있어요. 하나님께서는 백 배, 천 배로 우리에게 되돌려주실 거예요."

'말도 안 돼. 거짓말을 해도 그럴 듯하게 해야지 내가 믿지. 그런 거짓말은 아무것도 모르는 짐승들한테나 해야 하는 소리가 아니냐?'

나는 헛웃음이 나오지만 꾹 눌러 참고 있었다.

"성도님, 하나님을 만났던 경험이 있다면 함께 나누라 했어요. 저는 하나님을 만났거든요."

"안영선 권사님이 그럼 하나님을 만났다는 거예요?"

"성도님, 그래요. 저는 하나님을 만났어요. 내가 깊은 산속에서 헤매고 있었는데 산불이 나 시뻘건 불길이 빠른 속도로 내가 있는 곳까지 타들어오고 있었어요. 저는 피하지도 못하고 꼼짝없이 산불에 타죽게 되는 신세가 되었지요. 나는 이제 죽는구나 생각하고 나는 하나님을 부르며 기도만 하고 있었어요. 그때, 하나님이 나타나 내가 너를 살리리라 했어요. 그런데 깨어보니 꿈이었어요. 나는 하나님을 꿈속에서 본 것이지요."

"안영선 권사님, 권사님이 하나님을 본 것이 아니라 그것은 플라시보 효과를 본 것이지요."

"아니요. 꿈속이었지만 분명히 하나님이었어요."

"권사님이 그렇다면 그렇게 생각해야겠지만 저는 하나님을 본 것이라고 생각하지 않아요."

"성도님, 뭐가 그리 불만이 많은 거예요? 권사님이 그러면 그랬었구나 생각하면 될 일을 그렇게 꼭 따져야겠어요?"

김미란 집사는 나에 대해 감정이 폭발한 듯 씩씩거리며 말하고 있었다.

"김미란 집사님, 저는 밑바닥 인생을 살고 있지만 저승에서는 돈에 취하고 싶고 부귀영화를 누리며 살고 싶어요. 그래서 교회도 기웃거리고 있는데 교회에서 교인들이 죽으면 천국에 가 산다고 하지만 뜬구름 잡는 이야기라 믿을 수가 없어요. 그래서 했던 말이니 노여움을 풀어요. 그리고 교회에서 교인들이 '주여! 주여!' 소리를 지르고 날마다 기도하는데 플라시보 효과도 있겠다는 생각은 들어요."

"성도님, 하긴 그 말도 맞는 말이에요. 그러나 교회에서는 달라요. 우리는 하나님의 아들딸이니까요. 아버지께서 우리가 원하는 것을 주신 거예요."

"안영선 권사님, 하나님이 우리가 원하는 것을 주신다는 그 말은 아닌 것 같아요. 거짓말이에요. 만일에 그렇다면 이 세상에 나 같이 힘들게 사는 사람은 없겠네요? 우리 인생 다 자기 팔자대로 사는 것이 아닌가요?"

"성도님, 그렇지 않아요. 하나님을 믿으면 우리가 원하는 것은 다 얻을 수 있어요."

'말도 안 돼. 그것도 거짓말이다.'

"안영선 권사님……."

나는 더 이상 말이 나오지 않아 꿈을 꾸고 있다고 생각하고 안영선 권사만 쳐다보고 있었고 우리가 구름 속에서 살고 있다고 생각하고 있었다. 그때, 김미란 집사가 분을 참을 수 없었던 지 사탄아 물러가라며 신발을 벗어 던지는 바람에 내 이마에 맞아 피가 철철 흐르고 있었고, 김미란 집사는 소리를 지르고 그 자리에 쓰러져버렸다.

"어머, 이게 무슨 짓이여? 교회에서 피를 보다니? 그리고 사탄아, 물러가라니?"

"교회에서 이 무슨 난리냐?"

'하나님이 있는 곳에서 폭력을 쓰다니 그리고도 천국에 간다는 것이냐? 어림도 없는 소리다. 아이고, 재수 없어.'

나는 이마에 흐르는 피를 닦을 생각도 하지 않고 한참 동안 넋을 놓고 우두커니 서 있었는데 많은 교인들이 몰려와 김미란 집사가 쓰러져 있는 것을 보고 김미란 집사를 목사님 방으로 옮기고 있었다.

"성도님, 놀라셨지요? 이마 상처는 괜찮아요?"

"권사님, 이 정도 상처는 참을 수 있어요. 그런데 어찌 이런 일이 있을 수 있어요? 권사님, 사탄이라니 이 무슨 해괴한 말이에요?"

"성도님, 우리 교회에서도 이런 일은 처음이에요. 물론, 다른 교회에서도 이번 같은 일은 없을 거예요. 김미란 집사님이 흥분하여 일어난 일 같은데 재수 없어서 당한 일이라고 생각하세

요."

"권사님, 그래야겠지요. 김미란 집사님은 괜찮을까요?"

"성도님, 염려하지 말아요. 우리 교회 김형권 집사님이 의사이신데 그 집사님 말씀으로는 큰 병은 아니고 충격을 받아 그랬다고 하네요. 지금 목사님이 기도하고 계시니 한두 시간 지나면 깨어날 거예요. 그러니 너무 걱정하지 말아요."

"권사님, 그런데 김미란 집사님은 왜 갑자기 청천벽력 같은 그런 말을 했을까요?"

"성도님은 정말 몰라서 묻는 거예요?"

"예, 권사님. 교회에서 이런 일이 일어나다니 나는 꿈이 아닌가 생각이 들어요."

"성도님, 제가 하나님을 본 것을 우리 교회에서는 자랑스럽게 생각하고 춤을 추고 있어요. 그런데 조타자 성도님께서는 찬물을 끼얹는 말만 하고 있어서 김미란 집사님이 흥분하여 그런 것 같네요. 너무 신경 쓰지 말아요."

'그렇군. 그 말이 나한테 한 소리구나. 나는 왜 이 모양이냐? 나도 왜 그랬는지 내 마음을 알 수 없구나.'

"성도님, 병원에 안 가도 되겠어요?"

"권사님, 괜찮아요."

나는 많은 사람들이 눈치를 주는 것 같아 안영선 권사에게 화장실 간다는 핑계를 대고 교회 구석으로 가 생각에 잠겨 있었다.

'이런 날벼락도 있다니……. 하마터면 몰매를 맞을 뻔했는데 나는 하나님과는 인연이 없는가 보구나.'

나는 힘이 빠지고 죄인이 된 것처럼 불안해 후들후들 떨며 교회를 나오고 있었다.

'하나님이 불법을 행하는 자는 떠나라 했는데 그래 내가 떠날 수밖에 없겠군. 나는 예수님을 사랑하지만 성경은 아무리 이해를 하려고 해도 믿음이 가지 않는데 어쩔 수 없지. 떠나는 수밖에…….'

나는 교인은 아니지만 그동안 돈이 없다고 친구들한테 무시당하고 살고 있는데 교회에서마저 버림받는다 생각하니 가슴이 아파 눈물이 폭포수처럼 쏟아지고 있었다.

"성도님, 울지 말고 돌아와요. 하나님은 조타자 성도님을 버리지 않았어요. 목사님께서 성도님을 보고 싶어 하세요."

"안영선 권사님, 목사님한테는 미안하지만 나를 붙잡지 말아요. 내 인생, 들꽃 같은 인생, 잡초처럼 살다가 지옥이든 어디든 저 높은 하늘나라로 가기 전 내가 좋아하는 가월유발 스님이 다니는 절에도 가보고 싶군요."

"성도님, 지금 뭐라 했어요? 절이라니요? 부처를 믿는 것은 미신을 믿는 거예요. 큰일 날 소리를 하고 있군요?"

안영선 권사는 나를 무척이나 생각하는지 팔딱팔딱 뛰며 말하고 있었다.

"권사님, 솔직히 말해 부처님이나 예수님이나 우리 인류를 위해 예수님은 십자가에 못 박혀 돌아가셨고 부처님은 황야를 헤매다가 보리수 밑에서 돌아가신 것이 아닌가요? 그러니 우리는 예수님을 생각하고 부처님을 생각하며 착하게 살다가는 것이 잘 살다가는 것이 아닐까 생각합니다."

"성도님, 물론 그렇게 생각할 수도 있어요. 그러나 달라요. 예수님께서는 우리가 죽으면 다시 살 수 있는 길을 주셨지만 석가모니는 우리 인간이 죽으면 윤회설이네 뭐네 말하며 중생들을 혼란에 빠뜨리고 이런저런 꾸며낸 이야기들을 한 거예요. 그러니까 다르지요."

"안영선 권사님, 무슨 그런 뚱딴지같은 말을 하고 있어요? 나는 부처님을 믿지 않지만 부처님도 우리 인류를 위해 예수님과 같이 자신의 몸을 던져가며 우리에게 깨달음을 주신 거예요. 그런데 권사님 그 말은 너무 지나친 말이 아닌가요?"

"성도님, 좋아요. 여기 잠깐 있어요. 조타자 성도님은 예수님과 부처를 똑같이 생각하고 있는데 목사님이 쓰신 책이 있어요. 그것을 읽으면 뭐가 다른지 알 수 있을 거예요."

안영선 권사는 예배당으로 들어가 책을 가지고 나와 나한테 주며 말하고 있었다.

"성도님, 12쪽 아랫부분에서 13쪽 중간까지 읽어보세요. 예수님과 부처가 뭐가 다른지 확연히 알 수 있을 거예요."

'어매, 어매, 저 여자도 김미란 집사가 교회에서 신짝으로 폭력을 하는 것처럼 더 심하게 완전히 돌아버렸군.'

나는 그런 생각을 하며 재미있겠다 싶어 안영선 권사가 준 오준철 목사가 썼다는 '불교! 알고 믿읍시다'라는 책을 읽으며 웃음이 나와 숨통이 끊어질 뻔했다.

[인도 구시라성 시티림에서 한 젊은 과부가 심하게 애통해 하는 것을 본 석가모니가 그 사유를 물은 즉, 과부는 병중의 외아들을 살려달라고 애원하고 있었다. 이에 석가모니는 한 번도 사람이 죽은 일이 없는 집에 가서 쌀을 한 줌씩 얻어다가 죽을 끓여 먹이면 살아날 것이라고 했다. 그러나 오후에 돌아온 그 과부는 "부처님이시여, 하루 종일 다녀도 그런 집이 없어 빈손으로 왔습니다."라고 고백한다. 그러자 석가모니는 "자매여, 생자필멸이라 사람이 나면 반드시 죽는 것, 인연 따라 일어나 인연 따라 없어지는 것이니 너무 슬퍼할 것이 없느니라."고 하면서 문제에 대한 해결보다는 현실을 받아들이도록 가르친 것이다. 하지만 예수님의 처방은 부처와 근본적으로 달랐다. 예수님께

서는 나인성 과부 외아들의 죽음으로 인한 애통한 장례 행렬을 보시고 불쌍히 여기사 죽은 외아들을 살리심으로 현실의 문제를 적극적이고 근본적으로 해결하셨다. 生과 死의 문제를 푸는 데 있어서 기독교와 불교의 근본적인 차이가 바로 여기에 있었다. 똑같은 과부의 외아들이 죽었는데 이 문제를 푸는 데 있어서 불교에서는 죽음을 숙명적으로 받아들일 수밖에 없는 한계를 지니고 있는데 반해 기독교에서는 죽음의 문제를 해결하는 창조적인 능력으로 새 생명을 얻게 한 것이다. 석가모니는 인생의 근본적인 문제인 죽음의 문제를 해결하지 못했는데 예수님께서는 인간의 생사문제에 대한 근본적인 해법과 주권을 갖고 계시다는 것을 깨달을 수 있었다.]

"권사님, 똑같은 과부 외아들 이야기를 놓고 부처님과 예수님께서 처방을 내렸다고 했는데 그것은 말도 안돼요. 이것은 믿을 수 없어요. 부처님과 예수님은 544년 나이 차이가 나는데 똑같은 과부 이야기를 쓰다니 그것을 누가 믿겠어요? 그리고 부처님께서 만난 과부 외아들은 병중에 있었고 예수님께서 만난 과부의 외아들은 이미 죽어 장례를 치르고 있었는데 예수님께서 살렸다니 성경에 아담이 930년 동안 살았다고 하고 노아가 950년, 무두셀러가 969년을 살았다던데 그럼 그 과부 아들은 죽지 않고 얼마나 산 거예요? 혹시, 예수님이 살렸으니 지금까지 살아 있을까요?"

"성도님, 그 과부 외아들은 죽었겠지요. 지금까지 살아 있겠어요?"

"그래요. 생자필멸이라 죽었겠지요. 이 세상에서 지구가 탄생하고 우리 인간 중에 죽었다 살아난 자는 단 한 명도 없었으니까요. 그런데 죽은 자를 살렸다는 것은 예수님이 3일 만에 부활하셨다는 말과 같이 어쩌면 꿈같은 일이 아닌가요? 그래서 성경을 믿을 수 없다는 거예요. 그리고 아담이 930년을 살았고, 노아가 950년, 무두셀러가 969년을 살았다고 했는데 우리 인간이 그렇게 오래 살 수 있다고 생각하세요? 지금도 백 살을 넘게 살면 기억력이 떨어지고 사람 구실을 못하고 사는데 9백 살을 넘게 살았다니…… 그렇다면 그 시절에 몇 백 년을 사는 사람이 많았겠네요? 이 같은 거짓말을 믿고 있어요? 차라리 2백 살, 2백 몇 십 살을 살았다면 또 몰라요. 우리가 보지 않았으니 그것까지는 믿어줄 수 있겠지만 천 년 가까이 살았다는 것은 우리 인류를 우롱하고 있는 것이라고 생각합니다. 그래서 목사들도 더러는 하나님이 있다는 것을 믿을 수 없어 죄를 범하고 있다고 봅니다."

"성도님, 믿어야 합니다. 성경은 무조건 믿고 따라야 합니다. 그래야 천국에 갈 수 있어요. 그리고 목사도 인간이니까 그런 목사도 있겠다 싶어요."

'그럴 테지. 그렇게 핑계를 대겠지. 그래야 천국에 간다고 생각할 테니까.'

"안영선 권사님, 우리가 살고 있는 현세에서 백 살을 살아도 아주 드물게 장수하는 거예요. 그리고 지금 같은 세상에서도 150살을 산 사람도 찾기가 하늘의 별을 따는 것보다 어려운데 그 시절에 그렇게 오래 살았다는 말은 하나님이 천지를 창조하셨다는 말과 같은 거예요. 그래서 나는 사는 날까지 착하게 살다보면 어쩌면 천국이나 극락이 아닌 무릉도원에 떨어질 수도 있겠다는 생각이 들어 어느 종교든 믿지 않고 그렇게 살고 싶다는 마음이 드는군요."

"성도님, 사후 세계를 생각하는 그런 마음이라면 하나님을 믿으세요. 교회 목사 중에 그런 목사가 있기 때문에 믿는다고 다 천국 가는 것은 아니지만 조타자 성도님은 천국에 갈 수 있어요."

'얼랄라? 이것 참, 미치고 환장하겠네. 왜 이러지? 내가 그토록 이야기했으면 그만할 때도 되었는데 잡초처럼 살아가는 나한테 끝까지 집착하는 이유가 도대체 무엇일까? 나를 가지고 놀고 있구나.'

"성도님, 내가 성도님을 가지고 놀고 있는 것이 아니에요. 성경에 그렇게 나와 있어요."

'허허, 미치고 환장하겠네. 2천 년이 지난 일인데 그렇다니 안 믿을 수도 없고 이 것 어쩌면 좋다는 것이냐? 그래, 그렇게 하자. 이것은 우리 인류가 성경이 얼마나 믿을 수 있는 것인지 알아야 할 것 같으니 세월에게 물어야겠다. 세월아, 너는 그 시절 아담과 노아, 그리고 무두셀러가 살아온 것을 보았을 것이다. 내가 이것을 믿어야 하느냐, 그냥 바람에 날려버려야 하느냐? 말해다오.'

'바보 머저리야, 바람에 날려버려라. 인간은 이 세상에 안개처럼 잠시 떠 있다 사라지는 존재이다. 그런데 안개가 하늘에 오랫동안 떠 있을 수 있다고 생각하느냐? 바람 불면 사라지는 것이다. 그러니 마음대로 생각해라.'

'세월아, 그렇군. 그것이 맞는 말이군. 나도 아니라고 생각하고 있었다.'

나는 하늘을 바라보고 웃고 있는데 안영선 권사가 마치 내 마음을 읽은 듯 말하고 있었다.

"성도님, 김미란 집사와 저는 조타자 성도님이 잃어버린 양이 되지 않도록 끝까지 지키겠다고 약속을 했어요. 우리와 함께 천국에 가요. 그러니 성경을 믿고 예배당으로 돌아가요."

"권사님, 나는 성경도 믿을 수 없고 목사 중에 하나님을 무서

위하지 않고 죄를 범하는 목사가 있어 내 마음은 이미 교회를 떠나 있어요. 오늘은 그만 보내주세요. 내일 김미란 집사님이 나올지 모르지만 약속을 했으니 만나보고 생각이 달라지면 그때 다시 생각해보겠습니다."

"성도님, 할 수 없군요. 그러세요."

안영선 권사는 김미란 집사를 신뢰하는지 말을 하고 뒤도 돌아보지 않고 예배당 안으로 들어가고 있었다. 나는 오준철 목사가 썼다는 '불교! 알고 믿읍시다'에서 그 과부 이야기가 생각나 헛웃음이 절로 나왔다.

'하긴 교인들한테는 그것도 통하겠지. 그래야 천국에 가는 데 문제가 없다고 생각할 테니까.'

나는 집으로 돌아와 가월유발 스님이 믿고 있는 부처님을 생각하고 있었다.

'사람이 나면 반드시 죽는 것, 인연에 따라 일어나 인연에 따라 없어지는 것, 이것은 우리 인간에게 변할 수 없는 진리이다. 그런데 예수님은 과부가 아들이 죽은 것을 애통해 하는 것을 보고 과부 아들, 죽은 자를 살렸다니 2천 년 전 그 시대는 과부만 죽은 자식을 애통해 했을까? 이 세상 모든 부모는 자식이 죽으면 슬퍼했을 것이다. 그런데 왜 하필 부처님도 그렇고 예수님도 과부 이야기만 했다는 것이냐? 석가모니가 과부 외아들이 병에

걸려 사경을 헤매고 있어서 슬퍼하는 과부를 보고 사람이 나면 반드시 죽으니 너무 슬퍼하지 말라고 위로하는 것은 당연한 일이다. 그런데 예수님은 과부 아들, 죽은 자를 살렸으니 우리 인간의 죽음의 문제를 해결했다는 것인데 이것은 동화책에 나오는 선녀와 나무꾼 이야기와 다를 바 없다고 생각한다. 그런데 이것을 믿어야 천국에 간다고 생각하다니 나 같은 머저리는 이해할 수 없군. 우리 인생, 죽으면 극락에 갈지 천국에 갈지 지옥에 떨어질지 모르지만 그냥 지금같이 살면서 죄 안 짓고 착하게 살다가는 것이 좋겠다 싶다. 그런데 웬일이지? 내가 미쳤나? 오늘따라 스님이 아주아주 보고 싶은데 무슨 거짓말을 해서 끌어내야 하느냐? 마땅히 할 말이 떠오르지 않는데 그냥 보고 싶다고 하면 싱거운 소리라고 하면서 안 나오겠지? 거짓말도 하는 사람이나 하지 아무나 하는 것이 아니구나.'

〈 6 〉

그때, 정주영 회장한테서 전화가 걸려왔다.

"예, 회장님, 조성두나입니다."

"조성두나 님, 시간이 있으면 좀 만나볼까 해서 전화했습니다. 나를 만날 시간이 있나요?"

"예, 회장님, 시간 있어요. 어디에서 만날까요?"

"영주동 코모도호텔 커피숍은 어때요?"

"회장님, 그럼, 거기서 몇 시에 만날까요?"

"저녁 7시경이 어때요?"

"회장님, 좋아요. 그러지요."

나는 전화를 끊고 오만 가지 생각이 떠오르고 있었다.

'회장이 무엇 때문에 나를 만나자고 했을까? 그것도 비서를 통하지 않고 회장님이 직접 나한테 전화를 하다니? 이것은 예삿일이 아니다. 틀림없이 가월유발 스님과 관계가 있을 것이다. 그렇다면 이참에 보고 싶었던 스님을 불러내자.'

나는 기뻐서 춤이라도 추고 싶었다. 나는 바로 스님한테 전화를 걸었다.

"스님, 조성두나입니다."

"불자님께서 웬일로 뜬금없이 나한테 전화를 하는 거예요? 무슨 일이 있어요?"

"스님, 방금 정주영 회장님한테서 만나자고 전화가 왔었는데 스님과 함께 나갔으면 해서 전화를 했습니다."

"조성두나 불자님, 회장님께서 불자님과 만나고 싶어 한다면 그만한 이유가 있을 거예요. 그러니 불자님 혼자 나가는 것이 좋겠네요."

"스님, 정주영 회장님께서 스님과 같이 나올 수 있다면 함께 봤으면 좋겠다고 했어요. 나도 스님이 보고 싶어 온종일 아무것도 할 수 없었어요. 스님, 시간 있으면 나와 같이 가시지요."

"불자님, 그렇다면 가겠습니다. 약속 장소가 어디에요?"

"스님, 코모도호텔 커피숍에서 저녁 7시에 만나기로 했으니 늦지 말고 오세요."

"불자님, 알았어요. 늦지 않게 가겠습니다."

나는 전화를 끊고 다음 일을 생각하니 걱정이 태산 같았다.

'내가 이런 거짓말을 하다니……'

지금까지 살아온 것이 이것이었나 싶어 슬픈 마음이 들어 한

숨을 푹푹 쉬고 있었다.

'어쩌랴. 이미 저질러졌는데…… 그리고 내가 스님을 보고 싶은 것은 사실이니 그렇게 나쁜 거짓말은 아닐 것이다. 오늘 밤은 스님이 원하는 것은 다 들어주자.'

나는 기분이 한결 좋아졌다. 나는 콧노래를 부르며 코모도호텔 커피숍으로 가고 있었다.

"불자님, 이제 오세요? 나는 불자님이 보고 싶어서 30분 전에 와 있었는데 불자님은 좀 늦었군요?"

"스님, 정말이에요?"

"그럼요. 제가 왜 거짓말을 해요? 저는 5일 날만 기다리다 숨이 끊어질 것 같았었는데 불자님 전화를 받고 기뻐서 춤을 추다 왔어요."

"이런, 이런, 이렇게 좋을 수가. 내 생애 처음 들어보는 기분 좋은 말이군요. 스님, 들어가요."

나는 스님과 함께 코모도호텔 커피숍으로 가고 있는데 내 가슴은 멈추지 않고 콩닥콩닥 뛰고 있었다. 그때, 회장 비서가 와 말하고 있었다.

"조성두나 님, 회장님께서 정두섭 고문님과 특별실에서 기다리고 계십니다. 거기로 가시지요."

"우리는 커피숍에서 만나기로 했는데 특별실이라니요?"

"예, 맞아요. 회장님께서 약속은 그렇게 했다고 했어요. 그런데 약속 장소를 옮긴 것은 너무나 귀한 손님이라며 특별실로 변경했습니다. 양해해주십시오."

"불자님, 회장님께서는 보통 안목이 있는 게 아니군요? 인재를 알아보다니……."

"스님, 저는 스님이 알다시피 땡전 한 푼 없는 들꽃처럼 사는 인생이라 친구들도 다 떠나고 스님만이 유일한 나의 친구예요. 그런데 스님이 하는 말은 나를 꼭 비웃는 말 같은데 저를 울리지 말아요. 저는 교회에서도 김미란 집사한테 버림받고 갈 곳 없는 신세인데 내가 친구로 생각하는 사람은 오직 가월유발 스님밖에 없어요."

"불자님, 잠깐만요. 지금 뭐라고 했어요? 교회에서 김미란 집사라니? 그럼, 김미란 집사를 만났다는 거예요?"

"예, 그래요. 만났어요."

"보통 인연은 아니군요. 김미란 집사가 뭐라고 하던가요?"

"스님, 뜬금없이 그것은 무슨 말이에요? 나는 우연히 교회에 갔다가 안영선 권사님과 김미란 집사님을 처음 만났는데 뭘 이야기하는 거예요? 자다가 홍두깨 두드리는 소리도 아니고 황당하군요."

'그래, 운명이라면 어쩔 수 없지.'

"불자님, 회장님께서 그런 거라면 내 말이 맞을 거예요. 아무튼, 들어가 보면 알겠지요."

스님은 또 엉뚱한 말을 하고 민망해하고 있었다.

"조성두나 님, 잠깐만요. 회장님께서는 조성두나 님과 약속을 했다고 했어요. 그런데 스님까지 좀 어색할 것 같네요. 제가 가서 회장님한테 물어보고 오겠습니다. 여기서 잠깐 기다려주시면 안 되겠습니까?"

"비서님, 그러시지요. 우리는 여기서 기다리고 있겠습니다."

"불자님, 회장님께서 나를 어쩌고저쩌고 했다는 말은 거짓말이었군요?"

"하하하. 그래요. 거짓말이었어요. 스님이 보고 싶어 미칠 지경인데 내가 살기 위해서는 그런 거짓말이라도 해야지 별 뾰족한 방법이 있나요? 어쩔 수 없었어요. 스님, 나를 예쁘게 봐주면 안 될까요?"

"불자님, 좋아요. 그럼, 내 말을 들어주겠다는 약속을 해요. 그렇다면 오늘 일은 저도 웃고 넘어가겠어요."

"스님, 그러시죠. 스님이 무슨 말을 하든지 전부 들어드리겠습니다."

"불자님, 약속했어요? 딴말은 없기에요."

"스님, 남아일언 중천금입니다. 당연히 들어드려야지요. 염려하지 말아요."

그때, 정주영 회장과 정두섭 고문이 어느새 왔는지 활짝 웃으면 말하고 있었다.

"조성두나 님, 가월유발 스님, 너무너무 반가워요. 두 분 다 보고 싶었어요. 어서 와요."

"회장님, 그 동안 잘 계셨어요?"

"예, 가월유발 스님. 안 그래도 조만간에 스님을 찾아뵐까 했었는데 잘 오셨어요. 조성두나 님이 센스가 있으신 분이군요. 정말 잘하셨어요."

정주영 회장 입가에는 웃음꽃이 떠나지 않고 있었다. 나는 가월유발 스님한테나 정주영 회장한테 무슨 변명을 할까 고민하고 고민했었는데 무사히 넘어가 한시름 놓은 것 같아 가벼운 마음으로 말하고 있었다.

"회장님, 저 같은 별 볼일 없는 사람한테 무슨 할 말이 있다고 저를 보자고 한 거예요? 궁금하군요."

"조성두나 님, 성질도 급하군요. 우리 식사하면서 천천히 이야기합시다. 오 비서."

"예, 회장님."

"호텔 총지배인을 우리 룸으로 데려와요."

"예, 회장님, 알겠습니다."

"조성두나 님, 가월유발 스님, 여기서 이럴 것이 아니라 회의실 겸 식당 겸 룸이 있는데 그리로 가 이야기합시다."

정주영 회장은 무엇이 그리 기쁜지 싱글벙글 웃으며 앞장서 가고 있었다. 나는 한시름 놓았다지만 정주영 회장 뜻을 몰라 당황하며 조심조심 따라가고 있었다. 그러면서 꼭 기쁜 일만은 아닐 거라는 생각에 여전히 불안한 마음이 들어 안절부절못하며 뒤따라가고 있는데 정주영 회장은 룸에 들어와 대뜸 가월유발 스님한테 말을 하였다.

"스님 덕분에 내 사업은 정부 사업으로 인정받게 되어 사업비 절반은 내가 투자하고 나머지 절반은 정부 돈으로 하게 되었습니다. 스님 공이 어마어마하게 큰 것이지요."

"스님, 맞아요. 그 중동 사업에 내가 가기로 했어요."

"두섭 불자님, 기쁜 소식이군요. 잘 될 거예요. 나는 믿어요. 회장님, 이 모든 것은 회장님의 훌륭한 지혜로 이뤄진 것이 아닌가요? 내 공이라니요? 그것은 말도 안돼요. 그런 말은 하지 말아요."

"아니요. 스님이 없었다면 나는 그 일을 생각만 하다가 놓쳤을 거예요."

똑똑똑.

"회장님, 총지배인 왔습니다. 들어가도 되겠습니까?"

"들어오게."

회장 비서가 코모도호텔 총지배인과 들어왔다.

"회장님, 부르셨습니까?"

"그래요. 지배인, 오늘밤 내가 귀한 손님을 대접해야 하니 일식, 양식, 한식으로 최고급 요리를 해서 가져오게."

"예, 회장님, 빠른 시간에 준비해 올리겠습니다."

지배인은 돌아서 가다가 나의 행색과 머리도 안 깎은 스님을 보고는 이해가 안 가는지 고개를 설레설레 저으며 나가고 있었다.

"회장님, 또 올 사람이 있는지 모르나 그 많은 음식을 누가 다 먹는다고 그렇게나 많이 주문하시는 거예요? 저는 된장찌개에 김치만 있어도 회장님한테 고맙게 생각하고 밥 한 공기는 거뜬히 해치울 수 있어요. 이것은 돈 낭비하는 것이 아니에요?"

"조성두나 님, 오늘은 내 뜻에 따라주면 안 되겠습니까? 나도 이런 일은 처음이에요. 왠지 오늘은 그러고 싶어요."

"회장님, 그래도 그렇지 이것은 회장님이 돈이 많다고 우리들 기를 죽이고 싶어 하는 것 같네요."

"스님, 내가 회장님을 모신 지가 아주 오래 되었지만 이런 날은 처음이에요. 그만큼 스님과 조성두나 친구를 신뢰하고 있다는 것이지요."

"정두섭 고문님 말이 맞아요. 내가 돈이 많아 이러는 것은 아니에요. 저를 오만방자한 놈이라고 욕을 해도 좋지만 내가 조성두나 님한테나 가월유발 스님한테 이러는 것은 그만한 이유가 있어서 그러는 거예요."

"회장님, 그렇다면 그 이유를 들을 수 있을까요?"

나와 스님이 이구동성으로 말을 하였다. 그때, 호텔 지배인이 밖에서 음식을 가져와 말을 하고 있었다.

"회장님, 음식이 준비되었는데 들어갈까요?"

"지배인, 음식이 다 되었다면 먹어야지. 들여보내게."

"예, 회장님."

지배인과 여자 종업원 세 명이 식탁에 옮긴 음식은 백여 가지였다. 나는 생전 처음 보는 음식들이라 입이 벌어져 다물 줄 모르고 멍하니 음식만 바라보고 있었다.

"조성두나 님, 뭘 그리 보고 있어요? 우리 음식을 들면서 이야기합시다."

회장은 코냑을 따 나에게 먼저 권하고 있었다.

"회장님, 이러시면 내가 불편해 음식을 먹을 수가 없습니다. 회장님 먼저 드시는 것이 순서입니다."

"조성두나 님, 아닙니다. 오늘은 조성두나 님은 내 손님입니다. 당연히 조성두나 님이 먼저 드셔야지요."

정주영 회장과 나는 오랜 친구처럼 술잔을 들어 건배를 하고 단숨에 들이켰다.

"스님께서는 술은 안 드실 거고 정두섭 고문님도 술을 못하니 음료수 가지고 건배를 하시지요."

"호호호. 회장님, 제가 중이라 부처님 말씀대로 살려고 노력은 하고 있지만 저도 인간이에요. 술은 물과 같은 것이 아닌가요? 술이 어떤 매력이 있는 것인가 한 번 먹어보고 싶군요. 저도 술을 주세요."

스님은 정두섭 눈치를 보며 말하고 있었다.

"우리 정두섭 고문님께서 말씀하시던데 역시 스님은 다른 스님과 다르군요?"

"회장님, 예수 기독교 신자들이 하나님을 믿어야 천국에 간다지만 몇 명이나 천국에 갈 수 있을까요? 그리 많지는 않을 거예요. 불교 신자도 그래요. 부처님 말씀대로 살아가고 있다지만 이 좋은 세상에 때로는 세상과 어울려 죄를 범할 수 있어요. 나도 인간이니 부처님 가르침대로 살면서 때로는 인간이 하는 일은 다 하고 싶군요."

"하하, 그래요. 이 좋은 세상 즐기며 살아가야지요. 스님, 아주아주 멋진 생각입니다."

정두섭은 스님이 무안할까봐 얼른 말하고 있었다.

"스님, 스님은 부처님 가르침대로 살고 있지만 이 아름다운 세상 후회 없는 인생을 살고 있군요? 그래요. 그렇게 살아요."

"조성두나 님, 정두섭 고문님 말이 맞아요. 종교에 얽매여 자기 인생을 버리고 살다가 이승을 떠나 저승에서 원하는 곳에 못 간다면 얼마나 원통한 일이겠어요? 그 말씀이 맞아요. 스님, 한잔 하세요."

"예, 회장님, 주세요."

가월유발 스님은 조금도 망설임 없이 술잔을 받아놓고 말을 하였다.

"회장님, 이 많은 음식이라면 부산 시민을 다 불러내야 하는 것 아니에요? 음식을 남기는 것도 죄를 짓는 거예요."

"스님, 우리가 손을 안 댄 것은 호텔 종업원들이 먹을 거예요. 그러니 아무 걱정하지 말아요. 그리고 저도 집에서는 된장찌개에 김치를 좋아하고 자주 먹고 있어요. 오늘 제가 이런 것은 그만큼 두 분이 저한테 귀한 분들이라는 거지요."

'그것 참, 큰일 났군. 회장이 점점 알쏭달쏭한 말만 하고 있는데 도대체 무슨 일이냐? 나와 회장은 이번이 두 번째 만남이다. 그 전에는 일면식도 없었다. 그런데 나를 불러놓고 조롱하는 것도 아닐 테고 더더욱 회장이 잡초처럼 살아가는 나를 예쁘게 보고 하는 짓은 아닐 것이다.'

나는 그런 생각이 들자 결심을 하고 말을 하였다.

"회장님, 이렇게 분위기를 띄우는 이유가 무엇인가요? 말씀해 주세요. 꼭 가시방석에 앉아 있는 것 같아 음식이 목으로 넘어가지 않는군요."

"하하하. 좋아요. 좋아요. 말할 때가 되었군요."

정주영 회장은 가가대소를 지르고 또 한참을 뜸을 들이고 있었다.

"회장님, 조성두나 불자님과 저도 같은 생각입니다. 도대체 무슨 일이 있는 거예요? 궁금해 참을 수가 없군요."

"스님과 조성두나 님 두 분이 오해할까봐 조심스럽게 기회를 보고 있었는데 때가 된 것 같군요. 우리 정두섭 고문님께서 조성두나 님 이야기를 하더군요. 옛날에는 사업이 성공하여 남부럽지 않게 살았는데 그 많은 돈을 날려버리고 지금은 기초 생활 수급자로 살면서도 기죽지 않고 남의 것 탐내지 않으며 행복하게 사는 것을 보면 대단한 친구라고 입이 마르도록 칭찬을 하더군요. 그래서 내가 오래 전부터 구상하고 있는 사업에 조성두나 님이 적임자일 것 같아 조성두나 님을 선택했어요."

"회장님, 그래서 불자님을 불러낸 것이군요?"

"스님, 그래요. 눈물 젖은 빵을 먹어본 사람이 인생을 제대로 알 거라 생각한 것이지요."

"회장님, 정말 훌륭한 생각이십니다. 조성두나 불자님은 욕심 없는 사람입니다. 잘 선택하셨어요. 회장님, 그런데 무슨 사업인가요?"

"스님, 나는 오래 전부터 사랑의 나눔을 실천하고 싶었으나 방법을 몰라 이제나저제나 때를 기다리고 있다가 놓쳤거든요. 그런데 조성두나 님께서 기초 생활 수급자로 살면서 남을 위하는 마음은 바다와 같이 넓다고 정두섭 고문님께서 오늘 아침에도 이야기하더군요. 나는 그 말을 듣는 순간, 이때다 싶었어요. 그래서 조성두나 님을 불러낸 거예요."

"회장님, 구체적으로 말하자면 조성두나 불자님한테 그 일을 맡기고 싶다는 이야기가 아닌가요?"

"스님, 그래요. 조성두나 님은 어떻게 하면 남을 돕고 사는지를 잘 알고 있겠다 싶어 조성두나 님을 선택한 거예요."

"회장님, 회장님께서 무슨 방법으로 남을 돕겠다는 생각을 하는지 모르나 제가 듣고 생각하니 저는 그럴 만한 능력이 없는 사람입니다. 그리고 내가 얼마 전에 사고를 당해 정신이 왔다 갔다 하는데 사업이라니요? 그것은 말도 안 되는 소리입니다. 더 깊이 생각해보십시오."

"조성두나 님, 제가 1년에 백억 원씩 10년간 천억을 투자하겠습니다. 방법을 생각해봐요."

"회장님, 지금 누구 기를 죽이겠다는 거예요, 아니면 저를 가지고 놀고 있는 거예요? 1년에 백억 원씩 10년 동안 천억이라니 그런 돈은 꿈에서도 생각해본 적도 없으니 저를 더 이상 비참하게 만들지 말아요. 그렇지 않아도 돈이 없다고 친구도 떠나가고 나를 아는 모든 사람들한테도 따돌림 받아 기를 못 펴고 사는 사람인데 회장님 그 말씀은 목마른 나에게 샘물과 같은 말이나 저는 그런 그릇이 못 되니 다른 사람을 물색하든지 아니면 여기에 있는 정두섭 고문한테 맡기든지 하세요."

"조성두나 님, 정두섭 고문님은 이미 중동으로 발령이 났어요."

"회장님, 그렇다 해도 저는 지금처럼 돈의 노예가 되지 않고 하루하루가 행복하다 생각하고 살아가고 있으니 이 행복을 깨지 않았으면 좋겠네요."

"아니지. 정두섭 고문이 중동에 가든 안 가든 돈에 눈이 먼 사람은 아니지. 그 사업은 돈에 욕심이 없는 조성두나 불자님이 적임자이겠구먼. 1년에 백억, 10년 동안 천억이라면 어마어마한 돈인데 돈에 누이 먼 사람들은 목숨을 걸고 덤벼들 거예요. 이 사업은 불자님이 적임자예요. 불자님, 남을 돕는다 생각하고 하세요. 어려운 사람을 돕고 살아야 극락이나 천국에 가는 거예요. 예수님이나 부처님을 찾는다고 다 천국에 가고 극락에 가는 것이 아니에요. 얼마만큼 덕을 쌓고 살다 가느냐에 따라 천국과 극락에 간다고 생각합니다."

"스님, 그렇지만 내가 무일푼인데 남의 돈 가지고 생색을 낸다고 착한 일이다 부처님과 예수님께서 생각하시겠어요? 아무리 생각해봐도 그것은 아니에요. 저는 사양하겠습니다. 회장님, 정두섭 고문이 중동에 간다니 다른 사람을 찾아보세요. 저는 아니에요."

"조성두나 님, 나는 사업가예요. 천억이라는 돈이 하늘에서 거저 떨어진 돈이 아니에요. 내가 온갖 정성을 들여 이룬 돈이에요. 제가 조성두나 님을 선택한 것은 정직을 행하며 사는 것이 인생의 최고 미덕이라고 여기며 사시는 조성두나 님이 적임자이기에 나 나름대로 고심 끝에 내린 결정이에요. 이 천억이란 돈 가지고 우리 사회가 더 살기 좋은 세상이 된다면 나한테는 더없는 기쁨입니다. 다른 뜻은 없어요."

"불자님, 불자님께서 천운을 타고났기에 이런 기회가 오는 거예요. 망설이고 있을 때가 아니에요."

"스님, 제가 세상을 살아오면서 돌이킬 수 없이 가슴 아팠던 일이 무엇인지 알아요? 내가 돈을 꽤나 많이 가지고 있었을 때 으스대며 남을 무시했던 행위였어요. 너나 나나 바람처럼 지나갈 인생, 무엇이 잘났다고 그랬는지 돈이란 괴물은 그래요. 그래서 저는 돈의 유혹에는 어떤 일이 있어도 넘어가지 않을 거라고 맹세했거든요."

"조성두나 님, 이 돈은 조성두나 님 돈이 아니고 세상 사람들을 위해 쓰면서 관리를 해달라는 것입니다. 다시 말하지만 조성두나 님 돈이 아니에요. 그러니까 맡아서 해주세요."

"회장님, 아무튼, 나는 싫어요. 회장님께서 꼭 그 일이 하고 싶다면 정두섭 고문은 그렇다니 추천할 사람이 있어요. 그 사람은 나보다 백 배, 천 배 더 훌륭한 사람인데 그 사람한테 맡기면 나보다 더 잘할 거예요."

"조성두나 님, 그 사람이 누구에요? 말해 봐요."

"회장님 바로 눈앞에 있는 사람입니다. 가월유발 스님한테 그 일을 맡기세요. 스님은 황금을 돌같이 생각하는 사람이라 탐욕을 멀리하고 어떤 방법으로든 회장님 이름을 세계만방에 알리고 하루 한 가지씩이라도 남을 돕는 캠페인이 우리나라뿐만 아니라 세계에서 붐이 일어나 살기 좋은 세상을 만들 거예요."

"조성두나 님, 내 이름을 세상에 알리고자 하는 사업이 아닙니다. 요즘 같은 팍팍한 세상을 살기 좋은 세상으로 만들고자 하는 사업입니다."

"회장님, 그렇다면 좋아요. 스님께서 절을 짓고 싶어 하시는데 지리산에 명당자리를 잡아 절을 지어 누구나 와서 하루 이틀 쉬어가는 쉼터를 만들고 가월유발 스님이 관리하는 것이 어떨까요?"

"조성두나 님, 그것도 좋은 생각입니다. 조성두나 님께서 사양한다면 그렇게 합시다. 스님께서 이 일을 맡아주십시오."

"회장님, 저도 싫어요. 저도 그럴 만한 재목이 못 되거든요. 다른 사람을 찾아보세요."

"이런, 이런, 이럴 수가! 그럼, 내가 지금까지 살아온 세월을 헛살았다는 것인데 이것 어쩌지?"

정주영 회장은 나에게서 하기 싫다는 소리를 들을 거라는 것은 생각도 못했는지 당황하는 기색이 역력했다. 스님이 정주영 회장을 보고 있다가 스님도 당황하여 말하고 있었다.

"회장님 마음이 정 그렇다면 이익을 내는 사업도 아니고 있는 돈으로 자선 사업을 하는 일이니 못할 것도 없겠네요. 회장님, 하겠습니다."

"스님, 정말이에요?"

"예, 회장님. 그런데 조건이 있어요."

"스님, 무슨 조건이에요? 얼른 말해보세요."

"회장님, 내 머리로 1년에 백억을 쓴다는 것은 바람에 날려버린다 해도 못할 것 같네요. 조성두나 불자님과 같이 한다면 하겠어요. 우리 두 사람이 하도록 허락해주신다면 하겠습니다."

"하하하. 나는 물론 찬성입니다. 두 분께서 한다면 저 하늘의 별처럼 더욱 빛이 날 것입니다. 환영합니다."

정주영 회장은 어두운 그림자는 사라지고 박장대소를 지르며 말하고 있었다.

"스님, 저는 아니에요. 나는 이대로 살고 싶어요. 다른 사람을 찾아보세요."

"불자님, 아까 저와 한 약속을 잊으셨어요? 내 말을 들어주기로 했잖아요? 우리 같이 해요. 우리가 이익을 내서 자선 사업을 해야 한다면 모르지만 회장님께서 1년에 백억씩 내놓으신다고 하니 그 돈이라면 우리가 하는 사업장 앞에는 매일매일 인산인해를 이룰 거예요. 그리고 우리가 돈에 눈이 어두워 욕심을 낸다면 몰라도 불자님이나 저나 돈에는 별 관심이 없으니 할 수 있을 것 같아요."

"스님이 그렇다니 할 수 없군요. 이래도 저래도 세월은 흘러가는데 그 까짓것 우리 세상에 마지막 봉사한다고 생각하고 합시다."

"조성두나 님, 스님, 이제야 제 마음이 놓이는군요. 내가 말을 안했지만 지난번에 제가 준 돈 천만 원을 스님이 거절했는데 이것은 아무나 할 수 있는 일이 아니에요. 돈에 욕심 없는 사람은 없어요. 돈에 욕심 없이 사는 스님이 진정한 천사예요. 제가 그래서 스님을 위해 무엇을 할까 고민하다가 옛날에 절을 짓기 위해 땅을 사놓은 것이 있어서 스님을 위해 절을 짓고 있어요. 거기다가 사랑 나눔 실천 본부를 두는 것이 좋겠습니다."

"회장님, 스님을 위해 절을 짓고 있다니 어쩌면 저한테도 크나 큰 행운입니다. 저도 부모님 제사를 모시기 위해 절을 찾고 있었는데 그 절에다 우리 부모님을 모신다면 제 마음 모든 것을 걸고 열심히 할 수 있을 것 같네요."

"조성두나 님은 효자시군요? 그래요. 부모님과 인연은 하늘에서 맺어준 거라 생각합니다. 그러니 부모님이 돌아가셨어도 내가 사는 날까지는 마음속에 항상 부모님이 살아계시는 것처럼 모셔야지요. 그리고 우리 인생, 잠시 구름처럼 떠 있다 사라지는데 부모님을 공경하고 이웃을 내 형제처럼 생각하고 사랑하며 사는 세상이 하루빨리 왔으면 하는 바람입니다."

"회장님, 회장님 뜻을 받들어 꼭 그런 세상을 만들겠습니다. 회장님, 앞으로 절에는 수많은 사람들이 구름처럼 모여들 텐데 하루 이틀 정도 편안하게 쉬어갈 수 있는 방과 식당을 준비하는 것이 좋겠다는 생각이 듭니다."

"조성두 님, 그래야지요. 당연한 말씀입니다. 지금 짓고 있는 절은 전라남도 구례에서 지리산 쪽으로 올라가다 보면 보일 것입니다. 두 분이 수일 내에 가셔서 현장소장을 만나 호텔도 짓고, 수천 명이 들어가 음식을 먹을 수 있는 식당도 지을 수 있도록 의논하는 것이 좋겠습니다."

"회장님, 제 생각입니다만 그 돈이라면 중생들이 쉬었다 가면서 여기가 무릉도원인지 극락인지 천국인지 감탄하는 말이 저절로 나올 수 있도록 할 수 있을 것 같네요. 그런 생각을 하면 춤을 추고 싶어요."

"스님이 그렇다니 저는 아주아주 행복한 사람입니다."

정주영 회장은 기분이 좋은지 연거푸 술잔을 기울이고 있었다.

"회장님, 과음하는 것이 아닌가요? 천천히 드시지요."

"아니요, 아니요. 제가 사업을 하고 이렇게 기분 좋은 날은 처음이에요. 오늘은 마음껏 취하고 싶군요."

〈 7 〉

그때, 따르릉, 따르릉 내 전화가 울리고 있었다.
"예, 김미란 집사님, 조타자입니다."
"성도님, 제가 그런 짓을 하다니 미쳤었나 봐요. 상처는 어때요? 괜찮아요?"
"예, 그래요. 하마터면 놀라 기절할 뻔했어요. 어떻게 교회에서 피를 보는 폭력을 쓰는 거예요? 이것은 있어서는 안 되는 일이 아닌가요? 저는 상상도 할 수 없는 일이였어요. 앞으로 그같은 행동은 하지 말아요."
"성도님, 그럴게요. 저를 용서해주세요."
"아무튼, 김미란 집사님이 괜찮다니 다행입니다. 그런데 이 밤중에 무슨 급한 일이라도 있는가요? 전화를 다 하고……?"
"조타자 성도님, 내일 우리 만나기로 한 약속을 못 지킬 것 같아 오늘밤 만날까 해서요. 지금 만나는 것은 어때요?"
"조성두나 님, 집사라면 교회 다니는 분 같은데 이쪽으로 오라고 하셔서 이야기하시지요? 음식도 넉넉하게 있으니 이야기하기가 한결 편할 거예요."

"회장님, 그래도 될까요?"

"그럼요. 우리가 하고자 하는 사업이 남녀노소 직업을 가리고 하는 사업이 아니라 누구든 와서 편안히 쉬었다 가는 사업이 아닙니까? 가월유발 스님께서 예수 기독교 신자가 온다고 하면 어떨지 모르지만 나는 괜찮아요."

"회장님, 우리 사업은 하루에 한 가지라도 좋을 일 하면서 살자고 하는 사업입니다. 어느 종교를 믿든 상관없이 개방할 생각입니다. 지금 오시는 분이 교회 집사라니 더 흥미가 생기는군요. 저도 만나보고 싶었던 분이에요. 저는 괜찮아요."

"스님, 정말 괜찮아요?"

"허허, 괜찮다고 해도 그러네요. 불자님, 종교를 믿는 것은 자기 마음의 위안을 갖기 위한 것이지 극락이나 천국에 간다는 것은 우리 인간들의 상상일 뿐이에요. 그러니 누가 누구를 말할 것은 없어요. 제가 지금 떠오르는 생각이 그분도 우리 사업에 필요하겠다 싶어요. 하루에 수백 명, 수천 명을 상대하자면 많은 인력이 필요한데 그분과도 머리를 맞대면 잘 풀리지 않겠어요?"

"스님, 그래요. 맞는 말이에요. 호텔 일이나 식당 일이나 일부는 임금을 주고 쓴다지만 돈 낭비를 줄이기 위해서 나두 일을 할 거고 자원봉사자들도 써야 하는데 집사님이니까 많은 도움이 될 거라 생각합니다. 역시 스님은 생각하는 것이 우리와 다르군요?"

"불자님, 꼭 그렇지 않아요. 내가 얼마나 어리석은 사람인데요. 나를 비행기 태우고 있군요."

시간이 조금 지나자 김미란 집사가 도착했는지 똑똑똑 노크 소리가 났다.

"회장님, 김미란 집사가 왔는가 봐요."

나는 일어나 김미란 집사를 맞이하였다.

"김미란 집사님, 오시느라 수고하셨지요?"

"뭘요. 집이 이 부근이라 쉽게 찾아올 수 있었어요."

김미란 집사는 말을 하다 식탁의 음식들을 보고 놀라 입을 다물어버렸다.

"집사님, 놀라지 말고 정신 차려요. 이쪽은 제이그룹 회장님이신 정주영 회장님이시고, 이쪽은 제이그룹 정두섭 고문님이시고, 이쪽은 가월유발 스님이십니다. 인사하시지요."

"사, 사랑 교, 교회 김미란 집사입니다. 만나서 반가워요."

김미란 집사는 의자에 앉지도 않고 음식을 보고 놀라 말을 더듬거리며 기어들어가는 목소리로 인사를 하고 슬금슬금 뒷걸음질 치고 있었다.

"김미란 집사님, 좀 어색한 자리지만 편안한 마음으로 우리와 함께해요. 이 자리는 김미란 집사님도 함께할 수 있는 자리에요."

정주영 회장이 말하자 가월유발 스님이 달려가 김미란 집사 손을 잡고 웃으며 말하고 있었다.

"김미란 집사님을 또 만나다니 참으로 꿈만 같군요. 우리는 끊을 수 없는 인연인가 봅니다."

"스님, 스님은 작년 이맘때 몰운대에서 자살한 사건 그때 만났던 스님이 아닌가요?"

"집사님, 맞아요. 나는 경찰서에서 오라는 연락을 기다리고 있었는데 왜 연락이 없었던 거예요?"

"스님, 나도 그 이튿날 경찰서에 가 누군가와 싸우다 일어난 사건이라고 우겼었는데 죽은 사람 몸에서 유서가 발견되어 스스로 목숨을 끊은 사람이라고 했어요. 스님, 그때 내가 오해를 해 미안해요."

"집사님, 다 지난 일이에요. 그리고 그때 그 사람은 죽지 않았어요."

"스님, 무슨 말을 하고 있는 거예요? 스님은 죽은 사람을 욕되게 하고 싶은가요? 그 사람이 중환자실에 있을 때 내가 세 번을 찾아가 확인했어요. 그 사람은 살아날 가망성이 1%도 없는 사람이었어요. 그 사람은 이미 죽은 사람이에요."

"집사님, 그 사람이 바로 저기 있잖아요?"

나는 가월유발 스님과 김미란 집사 두 사람 이야기를 들으며 아무 말도 못하고 소리 없이 울고만 있었다.

'이런 땡중이 실성을 했나? 내가 불청객이라 참으려고 했다만 나를 우롱하는 그 꼴을 도저히 볼 수가 없구나.'

김미란 집사는 팔소매를 걷어붙이고 가월유발 스님을 잡아먹을 듯 덤벼들고 있었다.

"김미란 집사님, 잠깐만요! 스님 말씀이 맞아요. 그때 그 사람이 나예요."

"조타자 성도님, 농담하지 말아요. 나를 놀리고 있는 거예요? 그때 그 사람이 조타자 성도님이라니? 무슨 그런 귀신 씻나락 까먹는 소리를 하고 있는 거예요? 그 사람은 이미 이 세상 사람이 아니에요."

"김미란 집사님, 내가 이렇게 버젓이 살아 있는데 이 세상 사람이 아니라니? 그럼, 귀신이 나타났군요?"

"조타자 성도님, 지금 농담할 때에요? 나는 간이 벌렁벌렁하여 죽을 지경인데 이러지 말아요. 내가 미쳐 돌아버릴 수 있어요."

"김미란 집사님이 나를 무척 생각했던 것이군요? 내가 그것도 몰라보고 정말 죄송해요. 내가 죄인이에요."

'허허, 미치고 환장하겠네. 이건 또 무슨 도깨비가 장난을 하고 있는 것이냐?'

"그럼, 조타자 성도님이 몰운대에서 자살한 그때 그 사람이란 말이에요?"

"김미란 집사님, 그래요. 어떻게 된 사연인지 모르나 1년 전 화선대 바위 위에서 뛰어내린 사람이 내가 맞아요."

'어쩐지 그때 내 발걸음이 떨어지지 않더라니 그래서 그랬군. 저놈의 인간하고는 느지막한 때에 왜 자꾸 얽히고설키는 것이냐? 이것 참, 이런 심술 맞은 인연도 있다니 돌아버리겠다.'

김미란 집사는 멍하니 나만 바라보고 있었다.

"하하하. 조성두나 님한테 그런 사연이 있었군요? 더 믿음이 갑니다. 죽을 각오를 가지고 산다면 세상에 못할 것은 없어요. 내가 천운을 타고 나 조성두나 님을 만났군요."

"회장님, 그래요. 조성두나 불자님을 잘 선택하셨어요."

나는 부끄러운 생각이 들어 얼른 딴 곳으로 말을 돌리고 있었다.

"김미란 집사님, 나를 살려준 은혜는 보답하겠지만 스님부터 소개할게요. 가월유발 스님은 내 친구이고 앞으로 나와 함께 사업을 할 사람입니다. 부담 갖지 말고 편안한 마음으로 이리 와 앉아요."

"김미란 집사님, 그래요. 이리 와 앉아요."

"회장님, 내가 앉아도 될까요?"

"그럼요. 음식은 나눠 먹는 거예요."

정주영 회장은 술잔을 김미란 집사에게 주며 말하고 있었다.

"한 잔 받아놓고 음식을 드시지요."

"회장님, 저는 술을 못합니다. 술은 사양하겠습니다."

"아아, 그렇지. 교회 집사님이라 술을 못할 수도 있겠군. 제가 실례를 했습니다. 음료수는 드실 수 있겠지요?"

"예, 회장님, 음료수는 주세요."

김미란 집사는 음료수를 받아 한 모금 마시고 한참 동안 가월유발 스님만 바라보고 있었다.

'저 스님이 언제부터 조타자 성도님과 친구가 되어 사업을 함께한다는 것이냐? 알 수가 없군.'

'교회 집사가 그때도 유달리 설친다 했었는데 조성두 불자님을 알고 그런 행동을 했다는 것이냐? 그것은 아니다. 여기 올 때만 해도 그때 그 사람인 줄 몰랐다. 그런데 엄청 관심이 많은 것 같은데 알 수 없는 일이군.'

'어머나, 이 무슨 꼴이랑가? 한 사람은 절의 스님이고 한 사람은 교회 집사가 그런 일 말고 또 다른 무슨 꿍꿍이속이 있는 것 같은데 그것 참, 재미있겠군. 그래, 맞아. 그러고 보니 나까지 네 사람이구먼. 그렇다면 짝이 맞는데 이것이 운명이다. 조성두 나 너는 스님은 포기하고 김미란 집사와 잘해봐라. 김미란 집사와 너는 잘 어울린다.'

김미란 집사와 가월유발 스님, 정두섭 고문이 각각 이런 생각을 하며 한참 동안 침묵이 고요한 밤이 흘러가듯 지나자 정주영 회장이 스님한테 술을 따르며 말을 하였다.

"스님, 술이 우리 인생에서 가장 즐거움을 주는 친구예요. 한 잔 더 하시지요?"

"회장님, 제가 마셔보니 그런 것 같네요. 제가 오늘 처음으로 마셔보는 술이지만 이렇게 기분 좋을 수가 없어요. 김미란 집사님도 한 번 마셔보세요. 술을 마셔보니 홍콩 가는 기분이에요."

'마귀가 점점 나를 유혹하고 있는데 어림없다. 나는 너한테 안 넘어간다.'

"스님, 저는 지금까지 살아오면서 술을 한 번도 마셔본 적이 없어요."

김미란 집사는 스님을 아니꼬운 눈초리로 쳐다보며 정중하게 사양하고 있었다.

"김미란 집사님이 그렇다니 별 수 없군요."

스님은 김미란 집사 보란 듯이 정주영 회장과 내 술잔에 술을 가득 따르고 함께 건배하며 술을 마시고 있었다.

"회장님, 이러다 내일 신문에 내 얼굴로 도배되는 것이 아닐까요?"

스님은 말을 하고 웃고 있었다.

"하하하. 스님, 그럴 수도 있겠군요? 스님이 밤늦게까지 우리와 술을 마시고 있으니 이것은 톱 기삿감이에요."

"조타자 성도님, 내 잔이 비었어요. 음료수를 주세요."

김미란 집사는 오기가 생겨 음료수로라도 같이 건배를 하고 싶었다.

"아참, 김미란 집사님 잔이 비었군요?"

정주영 회장이 말을 하고 김미란 집사 잔에 음료수를 가득 채우고 건배를 하자고 하자 다섯 사람은 건배를 외치고 마시며 활짝 웃고 있었다. 김미란 집사는 이때다 싶었는지 스님 들으라고 큰소리로 말하고 있었다.

"조타자 성도님, 내일 2시에 롯데호텔 커피숍에서 만나자는 약속은 깨졌지만 7시에는 시간이 있어요. 나올 수 있는 것이지요?"

"김미란 집사님, 내 은인이신데 당연히 나가야지요. 내일 만나 더 자세한 이야기를 듣고 싶군요."

"김미란 집사님, 아까부터 조성두나 불자님 보고 조타자라고 부르고 있는데 무언가 착각하고 있는 것이 아닌가요?"

"스님, 그것은 제가 말씀드리겠습니다. 조타자란 이름은 내 필명입니다. 저는 무명 소설가로 몇 권의 책을 내다보니 조성두 나보다 타자란 이름이 좋을 것 같아 조타자란 이름으로 책을 냈거든요. 그래서 김미란 집사님은 내가 준 책 속에 있는 이름을 부르고 있는 것입니다."

"그럼, 조성두나 불자님이 소설가였어요?"

스님과 정주영 회장은 놀란 듯 이구동성으로 말하고 있었다.

"회장님, 조성두나 저 친구는 추리 소설에 나오는 주인공 같은 인물이에요. 어려서부터 별난 친구였거든요."

"어쩐지 화선대 바위 위에서 자살을 기도할 때도 보통 인간하고는 다르다 생각했었는데 그런 재주가 있었군요?"

스님은 취기가 올라오는지 약간 꼬부라진 말투로 말하고 있었다.

"스님, 부끄럽군요. 작품마다 출판비만 1억 넘게 들어갔지만 내세울 작품은 하나도 없어요. 그래서 그만둘까 하다가 마지막이다 생각하고 책 한 권을 쓰고 있는데 그것도 출판비만 날릴 것 같네요."

"조성두나 불자님, 출판비만 날리다니요? 아니에요. 이번에는 대박날 거예요. 책 제목이 무엇이에요?"

"스님, 책 제목으로 확실하게 정한 것은 없어요. 그러나 우리 인간이 죽으면 누구나 가고 싶어 하는 하늘나라 극락과 천국 이야기를 쓰고 싶은데 하늘나라에 갔다 온 자가 없으니 믿거나 말거나 그냥 내 생각대로 쓰고 있어요."

"성도님, 내 느낌이지만 재미있을 것 같네요. 꼭 대박날 거예요."

"조성두나 님, 내 생각에도 이번에는 대박 나겠어요."

"회장님, 대박이라니요? 이번에도 실패작일 것이 뻔해요. 부끄럽군요."

"불자님, 부끄러워하지 말아요. 제가 응원할게요. 용기를 내요."

"스님, 스님이 응원한다니요? 이러지 말아요. 또 실패할 것이 뻔한데 부끄럽군요. 자꾸 이러면 우리 앞으로 함께 일할 수 없어요."

"불자님, 부끄럽다니요? 소설을 쓰는 것은 대단한 거예요. 존경합니다."

"스님, 스님이야말로 불교 신자로 부처님 가르침대로 살려고 노력하면서 다른 사람은 할 수 없는 행동을 하는 것은 배짱이 있고 그만큼 탁월한 지혜가 있다는 거예요. 저도 스님을 존경합니다."

'어머, 어머, 놀고들 있네. 저들이 무슨 짓들을 하고 있느냐? 말세다 말세야. 부처를 믿는다면서 머리도 깎지 않고 엉뚱한 사랑 타령을 하고 있는 것 같은데 너는 어차피 지옥에 가는 자라 네가 꼴리는 대로 살겠지만 너는 조심해야 한다. 조타자 성도님은 옛날부터 나와 깊은 인연이 있는 사람이다.'

김미란 집사는 스님이 조타자를 응원한다는 말이 사랑한다는 말로 들려서 또 삐딱하게 생각하고 있었다. 한편, 정주영 회장은 무슨 고민이 있는지 눈을 감고 골똘히 무엇인가 생각하고 있었다.

"회장님, 무슨 생각을 하고 있어요?"

"아, 아닙니다. 이번 사랑 나눔 사업이 어쩌면 행복한 세상을 만들겠다는 생각이 내 머릿속에서 솔솔 피어나고 있는 것이 이제야 때가 온 것 같아 제가 꿈을 꾸고 있는 것이 아닌가 하는 생각이 들어 잠시 흥분하고 있었습니다."

"회장님, 내가 다대포 몰운대 화선대에서 자살을 기도할 때 머리를 다쳐 정신이 오락가락하지만 회장님 뜻을 꼭 이루어내겠습니다. 너무 염려하지 말아요."

"조성두나 님, 그래요. 저는 두 분을 믿어요. 내일 당장 현장 소장한테 호텔과 식당을 짓도록 지시를 할 테니 빠른 시일 내에 두 분이 가서서 절에서 조금 떨어진 곳에 호텔과 식당 자리를 잡도록 하십시오. 거기 십만 평이 절 주인 땅입니다."

"회장님, 절 주인이 누구인지 모르나 십만 평 관리를 잘해야 되겠군요?"

"조성두나 님, 저는 10년이 넘으면 그 사업에는 단돈 일 원도 더 이상 보태지 않을 생각입니다. 10년 후에는 그곳에서 수익을 내 자선 사업을 이끌어가야 하니 그래서 십만 평을 확보한 것입니다."

"그렇군요. 회장님께서는 10년 후까지 내다보시고 계획한 것이군요?"

'흥, 회장이라는 사람이 할 일이 없어 거지처럼 살다가 자살을 기도했던 사람과 머리도 안 깎은 땡중을 데리고 억만금을 들여 산속에 호텔이라니? 이 무슨 장난을 치고 있느냐? 개가 들어도 웃을 일이다.'

김미란 집사는 심통이 나는지 독기가 가득한 얼굴을 하고 조 타자를 바라보고 있었다.

'머저리 같은 사람, 그런 말을 믿고 장단에 춤을 추고 있다니……. 그래서 너는 그 꼴로 사는 것이다.'

"조성두나 불자님, 사업은 아무나 하는 것이 아니에요. 운도 따라야 하지만 적어도 10년 앞을 내다볼 수 있는 그만한 능력이 있어야 사업을 하는 거예요. 정주영 회장님께서는 운과 재능을 갖춘 분이라 앞으로도 나날이 날개를 달고 세상 속으로 날아갈 거예요."

"스님, 그래요. 1년에 백억, 10년에 천억을 자선 사업에 내놓는다는 것이 보통 사람이 할 수 있는 일인가요? 세상 사람 그 누구도 상상도 할 수 없는 일이에요. 그런데 회장님께서는 그런 일을 하고 있으니 그럴 것 같네요."

'아이고야, 이것 어쩌지? 저들이 쌍으로 돌아버렸군. 여기 계속 있다간 나까지 돌아버리겠다. 1년에 백억, 10년에 천억이라니 뉘 집 강아지 이름이냐? 그런 장난에 놀아나다니……. 하긴, 머저리 조타자 너는 얼마든지 그럴 수 있겠다. 그러니까 옛날에 스쳐간 바람은 생각지도 않고 나는 나다 생각하겠지? 두고 봐라. 반드시 하늘에서 너한테 벌을 줄 것이다.'

"회장님, 이 자리는 회장님께서 마련한 자리 같은데 저는 급한 볼일이 있어서 이만 실례하겠습니다."

"집사님, 자리가 어색하다면 그러세요. 잡지 않겠습니다."

"그럼, 이만……."

김미란 집사는 정주영 회장한테만 간다고 말하고 나와 가월유발 스님과는 얼굴도 마주치지 않고 문을 박차고 나가고 있었다.

"스님, 김미란 집사가 뭔가 골이 단단히 난 것 같은데 내가 으인을 몰라보고 까불고 있어서 그럴까요?"

"불자님, 글쎄요. 사람 마음은 알 수 없으니 나도 모르겠네요. 불자님께서 내일 저녁에 만나기로 했으니 집사님 뜻을 알겠지요. 아무튼, 집사님을 잘 달래서 우리와 함께 일했으면 좋겠네요."

"스님, 안 그래도 그럴 참입니다."

"조성두나 님, 내가 보기에 김미란 집사님이 은인 관계를 떠나 조성두나 님을 엄청 좋아하는 것 같은데 방법은 있을 거예요. 함께 일할 수 있도록 방법을 찾아봐요."

"회장님, 내가 봐도 김미란 집사님이 조성두나 친구와는 떨어질 수 없는 무언가 깊은 관계가 있다는 생각이 듭니다. 손을 내밀면 기꺼이 잡을 것입니다. 염려하지 마십시오."

"두섭이 자네가 착각을 하고 있군. 그것은 아니네. 회장님, 김미란 집사가 저를 좋아하다니요? 그것은 잘못 보신 거예요. 그러나 김미란 집사님이 나의 은인이라니 저도 같이 일했으면 좋겠다 싶어 생각하고 있지만 예수 기독교를 믿는 종교인들은 하나님만 믿으면 천국에 간다는 믿음이 강하니 다른 곳에 마음을 줄지 모르겠네요. 아무튼, 김미란 집사 기분이 몹시 상한 것 같아서 말은 못했지만 저도 그럴 생각이었습니다. 회장님, 밤이 늦었는데 우리도 이만 가는 것이 어떨까요?"

"조성두나 님이 그렇다면 그래요. 우리가 얻고자 한 것은 얻었으니 마음 편히 갈 수 있겠네요. 그럽시다."

네 사람은 호텔을 나와 기분 좋게 웃으며 헤어져 가고 있는데 김미란 집사가 집에 가지 않고 숨어 있다가 나와 말하고 있었다.

"조타자 성도님, 잠깐만요. 나와 좀 더 이야기하다 가요."

"김미란 집사님, 아직 안 갔어요?"

"예, 그래요. 안 갔어요. 아직 조타자 성도님과 할 말이 남았거든요."

김미란 집사는 뭔가 불만이 많은 듯 얼굴을 찌푸리고 나를 바라보고 있었다.

"김미란 집사님, 내일 만나기로 했으면 내일 이야기하면 될 일을 지금 꼭 이래야 되겠어요?"

"조타자 성도님은 쉽게 생각하고 있군요? 나도 바쁜 사람이에요. 성도님과 한가하게 노닥거리며 시간 보낼 마음은 없어요. 내가 이렇게까지 하는 것을 보고도 나에게 그만한 사연이 있을 거라 생각은 못하고 있군요?"

"그것 참, 미쳐 돌아버리겠네. 나와 김미란 집사는 다대포에서 그 사건 말고는 교회에서 몇 번 만난 것뿐인데 이 무슨 무례한 행동이에요? 너무하는 것 아니에요?"

나는 참다 참다 드디어 폭발하고 말았다.

"조타자 성도님, 맞아요. 내가 그것 가지고 그런 것은 아니에요. 그러니 이것은 대답해주세요. 가족이 있나요?"

김미란 집사는 마이동풍으로 엉뚱한 말을 하고 하염없이 눈물을 흘리고 있었다.

'허허, 이런 날벼락도 다 있다니? 이건 또 무슨 헛소리를 지껄이고 있느냐? 내가 잡초처럼 산다지만 나를 무시하고 울면서 나를 가지고 놀다니…… 그리고 나를 살려준 은인이라지만 사생활까지 들쳐 내어 어쩌자는 것이냐? 교회 다니다가 돌아버린 것이 아니냐? 하긴, 목사들은 세상 즐거움을 다 버리고 오직 예수님만 믿고 살라고 하는 것 같은데 어쩜 그럴 수도 있겠다.'

나는 눈만 멀뚱멀뚱 뜨고 김미란 집사를 쳐다만 보고 있었다.

"조타자 성도님, 가족이 있어요, 없어요?"

김미란 집사는 화가 난 듯 노골적으로 성질을 부리며 묻고 있었다.

"김미란 집사님, 그것은 왜 묻는 거예요? 내가 대답할 가치가 있어야 대답을 하지요."

"성도님, 나도 그럴 만한 이유가 있어서 묻는 거예요. 그리고 성도님이 밑바닥 인생을 살고 있는데 더 이상 밑바닥으로 추락하는 그 꼴을 보기 싫어 눈을 감고 살고 싶었지만 어딘가 살고 있을 우리 딸 빛나가 요즘 며칠 동안 꿈에 나타나 어쩌면 곧 만날 것 같은 생각이 들어 그러니 네가 인간이라면 회장님이라는 그 사람 엉뚱한 꾀에 넘어가지 말고 똑바로 정신 차리고 가족이 있다면 솔직하게 말을 해라. 그래야 나도 이것이든 저것이든 결정을 할 것이다."

김미란 집사는 구시렁거리듯 말하고 있었다.

'이건 또 무슨 고양이가 구시렁거리고 있다는 것이냐? 말을 알아듣게끔 해라. 내가 가족이 있든 없든 무슨 상관이 있다고 엉뚱한 질문을 하고 있는 것이냐? 그리고 네가 네 딸을 만나든 나와 무슨 상관이 있다고 깐족깐족 내 염장을 지르고 있느냐? 네 꾀에 넘어갔다간 나까지 돌아버리겠다.'

나는 갈수록 아리송한 말만 하는 김미란 집사를 상대하다간 미쳐 돌아버릴 것 같아 은인이고 뭐고 간에 더 이상은 아무 말 없이 택시를 잡아타고 집으로 가고 있었다. 김미란 집사도 다음 날 만나기로 한 약속 때문인지 더 이상 말이 없었.

다음날, 나는 약속 시간에 나갈까 말까 한참을 망설이고 있다가 약속은 약속이라 내키지는 않았지만 롯데호텔 커피숍으로 갔다. 하지만 역시 김미란 집사는 나오지 않았다.

'그럼, 그렇지. 네가 나를 가지고 장난치기 위해 가족이 있느니, 없느니 물으며 딸 어쩌고저쩌고 하면서 놀고 있는데 이러지

마라. 그러다가 나를 살려준 은혜도 모르고 원수가 될 수 있다.'

나는 슬픈 생각은 들지만 헛웃음이 절로 나오고 있었다.

그 뒤로 세월은 빠르게 흘러가 6개월이 지난 어느 날, 따르릉, 따르릉, 안영선 권사한테서 전화가 왔다.

"예, 권사님, 조타자입니다."

"조타자 성도님, 오늘 시간 좀 내줄 수 있어요?"

"권사님, 다음 주부터는 바쁘지만 이번 주는 약간 여유가 있어요. 오늘 시간 있어요."

"조타자 성도님, 그럼, 코모도호텔 커피숍에서 3시에 만나요."

"권사님, 예, 그래요. 늦지 않게 나가겠습니다. 있다가 만나요."

나는 전화를 끊고 곰곰이 생각해봤지만 안영선 권사와 따로 만날 아무런 이유가 없었다. 그런데 김미란 집사가 머릿속에서 빙빙 돌고 있어 그 여자와 연관이 있는 것이 틀림없다는 생각이 들자 오만 가지 상상을 하고 있었다.

'김미란 집사 당신이 스님과 나 사이를 오해하고 엉뚱한 짓을 꾸미고 있는 것 같은데……. 나는 스님을 내 마음속으로만 사모하고 있는 것뿐이다. 그런데 사람을 시켜 수작을 부리겠다는 것이냐? 어림없는 짓이다. 하나님만 믿으면 천국에 간다는 사람이 이 세상에 욕심 낼 것이 뭐가 있다고 스님과 나와의 관계를 질투하고 시기한다는 것이냐? 그러지 마라. 죽으면 천국에 가 부귀영화를 누리며 살 사람이 그럴 리 없겠지만 착하게 살다가는 것이 잘 살다가는 것이다.'

나는 아무리 생각해봐도 쉽게 답을 얻어낼 수 없었다.

'안영선 권사를 만나보면 알겠지.'

나는 그렇게 생각하며 코모도호텔 커피숍에 들어갔다. 그때, 안영선 권사가 어디선가 나를 보고 있다가 달려와 반가운 듯 웃으며 안부 인사도 없이 첫마디를 내뱉었다.

"성도님, 교회는 왜 안 나오시는 거예요? 하나님을 믿어야 천국에 갈 수 있어요. 이 세상의 부귀영화는 잠시뿐이에요. 교회에 나와요. 그래야 천국에 갈 수 있어요."

'그럼, 그렇지. 하여간 교인들은 천국에 간다는 말 빼고는 할 말이 없지.'

"안영선 권사님, 그렇지 않아도 한 번은 뵙고 싶었어요. 1년 전에 내가 다대포 몰운대 화선대 바위 위에서 떨어졌을 때 김미란 집사님과 같이 신고를 했다고 들었어요. 나를 살려준 은혜 고마워요."

"성도님, 나도 그때 그 사람이 조타자 성도님이라는 것을 김미란 집사님한테 들었어요. 그 상황에서는 누구든 신고했을 거예요. 그것은 잊어버려요. 그보다 성도님은 김미란 집사님 일을 전혀 모르고 계시는 것 같군요?"

"권사님, 그래요. 김미란 집사님한테 무슨 일이라도 있는 거예요? 6개월 전에 보고 그 뒤로는 전화를 해도 받지 않아요."

"성도님, 김미란 집사님은 조타자 성도님을 만난 뒤로 교회에도 잘 나오지 않고 조타자 성도님을 원망하고 있는 것 같은데 그 이유를 물어도 말을 하지 않아 왜 그러는지 저도 모르겠네요. 그래서 성도님을 보자고 한 거예요. 혹시, 성도님이 김미란 집사님을 서운하게 한 거예요?"

"안영선 권사님, 글쎄요. 내가 김미란 집사님한테 무엇을 서운하게 했는지 모르겠네요."

"그것 참, 알 수 없는 일이군. 김미란 집사님은 성도님을 몹시 저주하는 것 같던데 정말 묘한 일이군요. 지난주에는 교인으로서 할 수 없는 말도 하던데 조타자 성도님을 죽이겠다는 막말까지 했어요. 나는 그냥 웃고 넘어갔지만 집사님 가슴에 뭔가 한 맺힌 것이 있는 것 같았어요. 그러니 잘 생각해봐요."

"권사님, 이제 생각났어요. 김미란 집사님과 나는 아주아주 옛날에 3일간 풋사랑을 할 때 딱 하룻밤 불장난 한 것 말고는 나쁜 짓을 한 것은 없어요. 김미란 집사님이 그것 때문에 투정을 부리고 있는 것 같군요."

"성도님, 그럼, 김미란 집사님을 성도님께서 달래주세요. 교회에 나와요. 하나님께서 다 용서해주실 거예요. 우리는 살아도 하나님을 위해 살아야 하고 죽어서도 하나님을 위하여 죽어야 하는 마음을 가져야 천국에 가 살 수 있어요. 이 세상의 모든 것은 아낌없이 버려요. 김미란 집사님이 그것 때문인지, 뭐가 꼬여서 그런지 모르나 조타자 성도님이 하나님을 믿으면 모든 것이 해결될 거예요."

"참나, 환장하겠네. 안영선 권사님, 내가 다시 살고 보니 욕심을 버리고 착하게 살다가고 싶어요. 다음 주부터는 바빠 내 몸이 열 개라도 모자랄 판이니 더 이상 연락도 하지 말아요. 나는 지금부터 은혜를 원수로 갚는다는 말을 듣더라도 김미란 집사를 미워하고 내 마음대로 살고 싶어요."

〈 8 〉

나는 참고 있다가 울화통이 터질 것 같아 안영선 권사한테 막말까지 하고 있었다.

"성도님, 아주 무서운 소리를 하고 있군요? 하나님 앞에 가면 자기가 지은 죄, 자기가 했던 말이 기록된 생명책이 있어요. 어떻게 감당하려고 그런 말을 하는 거예요?"

'예수 기독교를 믿는 자들은 하나님 나라에 생명의 나무가 있어서 열매를 먹게 되어 영원히 살 수 있다는 말과 같이 허무맹랑한 말을 믿고 있다니…… 그래야 천국에 간다는 것이냐? 세상이 다 웃을 일이다. 그나저나 김미란 집사가 나를 죽이고 싶도록 저주한다면 이것은 보통 심각한 문제가 아닌데 이것을 어떻게 풀어야 하느냐?'

나는 아무리 생각을 해도 이 수수께끼를 풀 수 없었다.

"성도님, 김미란 집사님과 어떠한 원한도 없다고는 하지만 김미란 집사님이 하는 행동을 보면 틀림없이 뭔가 있어요. 그리고 김미란 집사님이 성도님께서 어떤 회장님한테 사기를 당하고 있다고 몹시 걱정하는 것을 보면 하룻밤 불장난이 아닌 더 깊은 관계가 있었던 것은 아닌지 하는 생각이 들어요. 그러니 돌아오는 주일에 성도님께서 교회에 나오던지 아니면 월요일에 내가 김미란 집사님을 모시고 나올 테니 여기서 다시 만나요. 두 분이 어떻게 꼬였는지 깨끗이 풀어야 하지 않을까요?"

"안영선 권사님, 그것은 맞는 말씀입니다. 그리고 김미란 집사님이 걱정하고 있는 것은 정주영 회장님께서 1년에 백억, 10년에 천억을 투자한다는 이야기일 거예요."

"성도님, 꿈을 꾸고 있군요? 빨리 꿈에서 헤어났으면 좋겠네요."

"안영선 권사님, 나는 기독교인들이 천국에 간다는 말에 너무 빠지지 말고 적당히 예수님을 믿으며 세상이 아름답다 생각하고 즐겁게 살았으면 좋겠네요. 아무튼, 내가 월요일 약속을 지키겠지만 혹시나, 만에 하나 틀어진다면 전라남도 구례에서 지리산으로 올라가면 월정사 절이 있을 거예요. 거기로 오면 나를 만날 테니 언제든지 오시면 우리 인간이 살아가는 것이 이런 것이구나 하고 느낄 수 있을 거예요."

"성도님, 돌았군요? 절이라니? 부처를 믿는 것은 미신을 믿는 거예요. 지옥에 떨어지는 소리하고 있군요? 그 무서운 유황불 속에서 어떻게 지내려고 그런 끔찍한 말을 하고 있는 거예요?"

"안영선 권사님, 그것은 예수 기독교인들이 걱정하는 말이 아닌가요? 그리고 무엇인가 착각하고 있는 것이 아니에요? 성경에 하나님이 '내 말을 지키지 아니 할지라도 내가 그를 심판하지 아니하노라. 내가 온 것은 세상을 심판하려 함이 아니요, 세상을 구원하려 함이로다.' 하셨는데 이것이 진짜 예수님이 우리 인간들에게 설법한 말 같아요. 우리가 살면서 죄 짓지 말고 착하게 살라는 그런 뜻이 아닐까요? 그런데 교회 목사님들이나 기독교인들은 하나님을 믿지 않으면 지옥에 떨어진다고 운운하며 겁을 주고 있는데 우리는 어떤 것이 사후 세계에서 귀신이라도 대접받고 살 수 있을까 생각해서 이 세상을 더 아름다운 세상으로 만들기 위해 사랑 나눔 실천을 하자는 거예요. 권사님도 오시면 세상이 이래서 아름답구나 생각하실 거예요."

"성도님, 그것은 세상 일이에요. 이 세상은 잠깐 지나가는 거예요. 우리 인류를 구원해주실 분은 오직 하나님밖에 없어요. 절에서 무슨 짓을 한다는 거예요? 나보고 부처를 믿고 극락에 가라는 거예요? 그것은 지옥에 가라는 말과 같은 거예요. 그런 말은 함부로 하지 말아요."

"권사님, 그것이 아니에요. 우리가 하는 일은 부처님과 아무 상관이 없어요. 우리가 하는 일은 하루에 한 가지라도 남을 돕고 살자는 캠페인을 벌이는 거예요. 예수 기독교를 믿든 불교를 믿든 어느 종교를 믿든 누구나 와서 마음 편히 하루 이틀 쉬었다 가라는 것이고, 하루 한 가지라도 착한 마음을 갖자는 뜻이에요. 그것을 우리가 실천하고 있는 거예요. 그러니 권사님께서도 올 수 있는 곳이 아닌가요?"

"성도님, 그거라면 참 좋은 일이군요? 그런데 어째서 절에다 그런 본부를 둔 거예요? 하루 이틀 쉬었다 가면서 부처를 생각하라는 것이 아닌가요?"

"권사님, 오해하고 있는데 그것이 아니에요. 그렇게 된 사연을 이야기하자면 긴데 아무튼, 절과 가까이 있지만 불교에 대해서는 한마디도 못하도록 금지령을 내리고 있으니 기독교인들도 올 수 있는 곳이에요. 예수님이 이 세상을 구원하려 오셨다고 하셨으니 어떤 것이 예수님 말씀대로 살아가는 것인지 권사님께서도 오시면 느낄 수 있을 거예요."

"성도님, 아니요. 하나님을 믿는 것밖에는 없어요. 하나님을 믿지 않고 이 세상을 살아가는 것은 죄를 짓는 거예요. 우리는 안개처럼 잠시 있다 사라지는 인생인데 지옥에 떨어지지 않고 천국에 가 살자는 거예요."

"권사님, 천국에 갔다 온 사람이 없잖아요? 그런데 교인들은 천국에 갔다 온 것처럼 말들을 하고 있는데 그것을 믿는 우리 인생이 불쌍하군요."

"성도님, 예수님께서 하늘나라에서 오셨으니 예수님 말씀을 믿을 수 있잖아요?"

"말도 안 돼. 예수님은 동정녀 마리아가 낳으셨다고 하는 것 같은데 하늘나라에서 왔다니 믿을 수 없는 말이 아닌가요?"

"성도님, 믿어야 합니다. 예수님이 하나님이시니까 동정녀 마리아 몸에서 사람의 옷을 입고 나온 거예요."

'허허, 이런 뻥이 있다니? 이것 또한 세상에 없는 거짓말이다. 천지를 창조하셨다는 하나님 영이 사람으로 태어나다니? 예수 기독교인들은 그 말을 믿고 천국에 간다고 맹목적으로 교회 목사들 말을 믿고 따르고 있다니 나 같은 머저리도 뻔히 아니라는 생각이 드는데 그것 참 알 수 없군.'

"성도님, 믿으세요. 믿어야 합니다. 성경에 그렇게 나와 있어요. 우리는 성경을 믿는 것이지요."

"권사님, 나도 성경을 몇 장 읽어보았는데 예수님께서 부활하셔서 바로 하늘나라로 올라가지 않고 이 땅에 40일간 있다가 하늘나라에 가셨다는 내용을 본 적이 있어요. 하나님이 태초에 천지를 창조하셨다고 했는데 그런 영이신 하나님이 우리 인간의 눈에 보이지 않는다고 하면서 구름 속에서 살다가 바람처럼 갔다 왔다 했다면 몰라도 이 땅에서 우리 인간과 함께 있었다니 그것은 거짓말이에요. WCC의 성경관에서 웨슬리아리아라라 의장께서도 성경을 하나님의 말씀으로 믿지 않으며 역사서와 문학 작품과 같은 것으로 생각하고 있는 것 같았어요. 예수님이 하나님이라는 말은 우리 인류를 조롱하는 말이 아닐까요? 그것이 아니면 예수님께서 하신 말씀대로 이 땅에 오신 것은 우리 인류를 구원하기 위해 오신 것이 맞을 거예요. 그런데 교회마다 살아남기 위해 예수님이 하나님이라고까지 하면서 이런저런 말들을 꾸며내고, 즐거움도 버리고 오직 예수님을 위해서 살라고 하는 것 아니에요? 조금만 생각하면 뻔한 거짓말이라는 것을 알 수 있을 텐데 기독교인들은 천국에 간다는 말에 춤을 추고 있는 거예요. 우리가 추진하고 있는 이웃 사랑 나눔 실천을 하며 착하게 살다 죽으면 죽은 귀신이라도 저승에서 무릉도원에 가 살 수 있겠다 싶어요. 그러니 권사님도 시간 있을 때 거기 와보면 우리 인간이 어떻게 사는 것이 하늘나라 심판자 마음을 얻을 수 있는지 알 수 있을 거예요. 나는 그냥 욕심 없이 착하게 살다가는 것이 잘 살다가는 거라 생각하고 우리 부모님 제사도 절에다 모셔놓을 거예요."

"성도님, 절에다 부모님 제사를 모셔놓는 것이 부처를 믿는 거예요. 부모님은 낳은 것뿐이지 우리는 하나님의 아들딸들이에요. 우리 아버지는 하나님이에요."

'어매, 어매, 천벌 받을 소리를 하고 있는데 이것 어쩌면 좋다

는 것이냐? 정말 역겨워 못 들어주겠구나.'

"권사님, 돌아버렸어요? 부모와 자식 간에 인연이 없다면 우리가 이 땅에 태어날 수 없어요. 하나님과 떨어질 수 없는 인연이 있다고 한다면 그것까지는 몰라도 우리가 하나님의 아들딸이라니 말도 안돼요. 벼락 맞을 소리를 하고 있군요? 예수님께서는 우리 인류가 죄 짓지 말고 서로 사랑하며 살다가기를 원했지 그런 거짓말을 해가며 충성을 다하라 하지는 않았을 거예요. 나 같은 사람도 그런 생각이 들어요."

나는 안영선 권사와 더 이상 말하기 싫어 돌아서 가고 있었다.

"성도님, 교회에 나오는 길만이 천국에 가 영원히 사는 거예요."

안영선 권사는 나 들으라고 큰소리로 악을 쓰듯 말하고 있다.

'염병 때병 하지 마라. 종교를 믿지 않아도 욕심 없이 착하게 사는 것이 어쩌면 천국이나 극락, 아니면 무릉도원에 가 살 수 있는 길일 것이다. 예수님도 그랬다. 이 땅에 온 것은 인간을 심판하려는 것이 아니라고 했다. 세상을 구원하기 위해 온 것이라 했으니 예수님 말씀대로 사랑하며 부처님 말씀대로 자비를 베풀며 살라는 설법을 꼭 지킬 수는 없지만 나는 그 말씀대로

최선을 다해 살고 싶은 것이다. 나를 흔들지 마라.'
　나는 집에 돌아와 이런저런 생각 때문에 정신이 혼란스러워 며칠 동안 잠을 이룰 수 없었다.

〈 9 〉

월요일 아침, 가월유발 스님한테서 전화가 왔다.
"스님, 조성두나입니다. 웬일이세요?"
"불자님, 오늘 오시기로 했는데 더 빨리 오셔야겠어요. 정주영 회장님께서 따님과 함께 1시까지 오신다고 하니 그 전에 정월사에 오셔야겠네요. 그래서 제가 부랴부랴 전화한 거예요."
"스님, 그렇다면 가야지요. 오늘 안영선 권사님과 김미란 집사님을 만나기로 했지만 정주영 회장님을 만나는 것이 급선무 아닌가요? 늦지 않게 가겠습니다."
나는 전화를 끊고 바로 안영선 권사한테 전화를 걸었다.
"권사님, 어쩌지요? 내일 3시경이라면 몰라도 오늘은 도저히 시간이 나지 않는데 약속을 지킬 수 없을 것 같네요."
"성도님, 진짜진짜 묘한 일이네요. 김미란 집사님과 조타자 성도님은 왜 이렇게 꼬이는지 모르겠네요. 김미란 집사님한테 코모도호텔 커피숍에서 성도님을 만나기로 했으니 함께 가자고 하니까 성도님이 보기 싫어 가지 않겠다는 것을 억지로 꼬드겼는데 약속이 깨지다니 왜 이런지 모르겠네요."

"권사님, 김미란 집사와 나는 전생에 앙숙이었나 봅니다. 우리의 청춘 시절에 3일간 만나고 헤어질 때도 간발의 차이로 못 만나 비극적인 운명이 시작되었는데 우리는 어쩔 수 없는 그런 운명인가 봅니다. 언제 시간이 있을 때 전라남도 구례에서 지리산으로 올라가면 정월사 절이 있을 것입니다. 거기로 오십시오. 그럼, 나를 만날 수 있을 것입니다."

"성도님, 사기가 아니라면 어떤 미친 회장이 그런 짓을 하는지 나도 꼭 한 번 가보고 싶군요."

"권사님, 그래요. 와서 보고 놀라 까무러치지나 말아요."

"호호호. 성도님, 내가 그렇게 되었으면 좋겠네요. 우리는 성도님이 잘되기를 항상 빌고 있어요."

"권사님이 그런 생각을 하고 있다니 나는 행복한 사람이군요. 고마워요. 나는 지금 막 정월사에 도착했어요. 시간 있을 때 꼭 한 번 오세요. 기다리고 있겠습니다."

정월사 호텔 주위에서는 은은한 음악이 흘러나오고, 또 한 쪽에서는 우리 인생 안개처럼 잠시 떠 있다 사라지는데 물 흐르듯, 꽃피듯이 살라는 멘트가 계속 흘러나오고 있었다.

"조성두나 님, 여기가 극락인가요, 천국인가요, 아니면 무릉도원인가요? 정말 꿈만 같아요."

어느새 정주영 회장이 나를 보고 와 말하고 있었다.

"회장님, 오셨군요? 회장님, 정말 그런가요?"

"예, 그래요. 나는 지금 꿈을 꾸고 있다고 생각하고 있어요. 저 아름다운 꽃들이며, 저 산 위의 폭포수며, 주위 환경이 정말 아름다워요. 조성두나 님은 소설가라 추리소설 한 장면을 그대로 꾸민 것 같은데 세상에 없는 아름다운 곳이에요. 그리고 여기 이름을 천극도원이라고 하던데 이름도 아주 훌륭하고 너무너무 마음에 들어요."

"회장님께서 마음에 드신다니 기분이 좋군요. 저 분은 회장님 따님이신가요?"

"아참, 내가 소개가 늦었군요. 내 딸 정빛나예요. 빛나야, 이 분은 이곳 가월유발 스님과 공동 주인이신 조성두나 원장님이시다. 인사드려라."

"안녕하세요? 정빛나입니다. 앞으로 잘 부탁드립니다."

"빛나 공주님, 정말 예쁘군요? 저는 조성두나입니다."

"조성두나 원장님 이름이 참 예쁘고 기억에 남을 이름이군요."

"공주님, 그런가요?"

"예, 원장님 이름에서 정을 느낄 수 있을 것 같네요."

"공주님, 감사합니다."

"원장님, 저도 여기 와보니 세상에 이런 곳이 있나 싶어 깜짝 놀랐어요. 제가 꿈을 꾸고 있다고 생각했어요. 이국적인 냄새도 나는 것 같으면서도 한국인의 정서를 담았는데 세상에 없는 무릉도원인가 생각했어요."

"공주님께서 그렇게 생각하셨다니 감사합니다."

"원장님, 저도 자주 오고 싶은데 그래도 될까요?"

"그럼요. 이곳은 차별을 두고 손님을 맞이하는 곳이 아닙니다. 나라 임금도 올 수 있고 빌어먹는 사람도 올 수 있는 곳으로 누구든 와서 쉬어갈 수 있어요. 다만, 우리가 요구하는 것은 이 세상을 살아가면서 하루에 단돈 백 원이라도 남을 도와가며 살자는 것이고, 돈이 없다면 마음이라도 이웃을 생각하며 살자는 거예요."

"원장님, 정말 훌륭한 생각이군요? 지금 같은 살벌한 세상에 그런 마음으로 산다면 살기 좋은 세상이 되겠군요? 참으로 훌륭한 생각이에요. 저도 아버지와 같이 적극적으로 돕겠습니다."

"공주님, 정말 감사합니다. 공주님도 회장님을 닮아서 그런지 훌륭하십니다. 존경합니다."

"원장님, 앞으로 이곳에는 우리나라 사람들뿐만 아니라 외국 사람들도 올 수 있겠네요?"

"공주님, 물론이에요. 세계 어느 나라 사람이 오든 차별하지 않을 생각입니다. 아마 1년이 지나면 소문이 나 우리나라 사람은 남녀노소, 빈부를 떠나 수많은 사람들이 한 번은 다녀갈 거라 생각합니다."

"원장님, 잘되었군요. 어쩌면 내 소원도 이루어질 것 같네요."

정빛나는 말을 하고 호수처럼 맑은 눈망울을 굴리며 정주영 회장을 바라보고 있었다.

"공주님, 소원이라니요? 공주님께서 무엇이 아쉬워 더 갖고 싶은 것이 있나요? 이 세상은 돈이 있으면 무엇이든 다 가질 수 있는 것이 아닌가요?"

"조성두나 원장님, 돈이 아무리 많아도 채울 수 없는 것이 있어요. 나는 이 세상을 떠나기 전에 그것을 내 마음 빈 곳에 채우고 싶어요."

"빛나야, 너 지금 너를 낳아준 아빠, 엄마를 그리워하고 있는 것이 아니냐?"

"아빠, 그래요. 아빠가 저를 친딸 이상으로 키워주셨지만 그래도 나를 세상에 있게 해준 아빠, 엄마를 한 번이라도 만나보고 싶어요."

정빛나의 샛별 같은 눈에서 눈물이 뚝뚝 떨어지고 있었다.

"빛나야, 울지 마라. 아빠가 잘못했다. 네가 그런 생각을 하고 있을 줄은 정말 몰랐다. 지금부터라도 너를 낳아준 친부모님을 찾아보자."

"아빠, 미안해요. 나를 세상에 없는 귀한 딸이라고 애지중지 키워주셨는데……. 저는 아빠를 배신하는 것이 아니에요. 저는 아빠를 이 세상의 어떤 아빠와도 바꿀 수 없다는 것을 내 가슴 속에 항상 품고 살고 있어요. 그저 나를 낳아주신 분들이 어떤 분들인지 보고 싶은 것뿐이에요. 제가 아빠께 불효를 저질렀다면 용서해주세요."

"빛나야, 불효라니? 너처럼 부모한테 효도하는 자식은 세상에 없을 것이다. 네 오빠와 네 동생보다 너는 우리 부부한테는 꽃처럼 아름답고 생명수와 같은 존재이다. 우리 부부가 세상이 아름답다 생각하고 사는 것도 빛나 네가 있기 때문이다. 네 소원이라니 네 친부모님을 꼭 찾아주마. 조금만 기다려라."

"회장님, 회장님께서 그렇다면 방법이 없는 것은 아니군요. 천극도원 이곳은 앞으로 구름처럼 수많은 인파가 몰려들 테니 빛나 공주님 입양했을 때 사진과 생년월일, 이름을 적어 걸어놓는다면 쉽게 찾을 수 있겠다 싶어요."

"원장님, 내가 입양되었을 때 이름은 조빛나였어요. 생년월일은 1973년 3월 3일생이고요. 저에 대한 것을 적어 여기저기 붙여놓는다면 언젠가 내 친부모님 중 한 분이라도 와서 본다면 찾을 수 있겠다 싶어요. 너무너무 감사합니다."

정빛나는 친부모를 다 찾은 것처럼 기뻐하고 있었다.

"빛나야, 너를 입양했을 때 이름과 생년월일을 어떻게 알고 말하고 있는 것이냐?"

"아빠, 엄마와 저는 아빠 몰래 오래 전부터 암암리에 친부모님을 찾고 있었어요. 물론, 여러 번 실패도 했어요."

"그럼, 네 엄마도 너를 낳아준 친부모님을 찾고 있었다는 것이냐?"

"예, 아빠. 엄마가 먼저 나를 낳아준 친부모님을 한 번 찾아보는 것이 어떻겠냐고 했어요. 엄마를 나무라지 마세요. 저를 그만큼 사랑하기에 그랬던 거예요."

"그랬군. 네 엄마가 얼마 전에 넌지시 말한 것 같은데 그래서 그랬구나. 이제야 알겠다. 그럼, 이참에 네 친부모님을 적극적으로 찾아보자."

"아빠, 이해해주셔서 고마워요."

"이 녀석이, 새삼스럽게 고맙다니? 당연한 것이 아니냐?"

"회장님, 그런 결단은 아무나 하는 것이 아니에요. 회장님처럼 큰 그릇이니 담을 수 있는 것이지요. 속 좁은 인간이라면 지금까지 키워준 은혜도 모르고 날뛰고 있다고 야단법석을 떨었을 거예요."

"조성두나 원장님, 천륜을 막을 수 있나요? 빛나 재도 세상 살 만큼 살았으니 자기 생부와 생모가 그리워 생각이 나겠지요."

그때, 가월유발 스님이 언제 왔는지 그 동안의 이야기를 가만히 듣고만 있다가 정빛나 얼굴을 자세히 보더니 활짝 웃으며 말하고 있었다.

"회장님, 빛나 공주님을 보니까 생부와 생모가 아주 가까이 있군요. 머지않아 찾을 수 있겠네요."

"스님, 그게 정말이에요?"

"예, 그래요. 곧 만날 수 있겠다 싶어요. 회장님, 그러나 만남은 왜 이리 슬픈지 모르겠네요."

"스님, 그럼, 부모님 중 한 분이 돌아가셨다는 거예요?"

"회장님, 그것은 아니에요. 두 분 다 살아 있어요. 그런데 묘하게 공주님께서 원통해하며 세상을 원망하고 있는데 어쩌면 만나기 직전에 친부모님 중 한 분한테 불운한 사고가 있지 않을까 걱정이 되는군요."

"스님, 그러면 안돼요. 막아야지요."

"회장님, 그것은 우리 인간이 할 수 있는 일이 아니에요. 하늘의 뜻이에요."

"스님, 우리 친부모님 중 한 분이 사고를 당할 수 있다니요? 그럼, 제가 친부모님 만나는 것을 포기한다면 아무 일 없을까요? 그렇다면 차라리 제가 포기하겠어요."

정빛나는 말을 하고 그 동안 친부모를 얼마나 그리워했는지 펑펑 울고 있었다.

"공주님, 친부모님을 곧 만날 테니 울지 말아요. 그리고 공주님께서 지금 부모님과 함께 살고 있는 것도 하늘의 뜻이고 친부모님과 헤어졌다가 다시 만나는 것도 하늘의 뜻이에요. 이것은 어쩔 수 없는 운명이에요. 너무 염려하지 말아요. 어쩌면 내가 한 말이 빗겨갈 수도 있어요."

"스님, 우리 부모님을 사고 없이 무사히 만날 수 있도록 빌어주세요. 내 목숨을 달라면 드리겠습니다."

정빛나는 더 서럽게 엉엉 대성통곡을 하고 있었다.

"공주님, 그만 울어요. 친부모님을 만나 긴긴 세월 쌓였던 한을 풀어야지요."

"빛나야, 스님 말씀대로 그만 울어라. 내가 죄인 같아 마음이 아프구나."

"스님, 빛나 공주님께서 친부모님을 만난다니 기쁜 일인데 언제쯤 그것이 가능할까요? 가을이에요, 겨울이에요?"

"불자님, 나를 구렁텅이에 몰아넣고 싶은가요? 가을, 겨울이라니요? 그것을 어떻게 꼭 집어 말할 수 있겠어요? 세월이 말해 주는 것이지요."

"아아, 그렇군. 스님, 미안합니다."

나는 스님 말에 계면쩍게 웃고 있었다.

"스님, 그렇다면 세월을 기다리다 못 만날 수도 있는 것이 아닌가요?"

"공주님, 그것은 아니에요. 꼭 만날 거예요. 너무 염려하지 말아요."

"빛나야, 나는 스님 말은 하늘의 별을 따온다 해도 믿는단다. 그러니 너무 염려하지 마라. 네 생부와 생모를 한꺼번에 만날지 따로따로 만나게 될지 모르지만 곧 만날 것이다."

"아빠, 저도 스님을 믿고 싶어요. 그러나 나를 낳아준 아빠, 엄마를 보고 싶은 마음이 내 가슴속에서 요동치고 있어서 참을 수가 없어요. 어쩌면 좋아요?"

"빛나 공주님, 그래도 참아야지요. 하루아침에 뚝딱 이루어지는 인생은 없어요. 지금까지 살아온 세월도 참았는데 그 까짓 몇 개월 못 참고 응석을 부린다면 호강에 빠져 엄살을 부린다고 비웃을 거예요."

"스님, 그런가요? 미안해요. 나를 낳아준 아빠, 엄마가 너무너무 보고 싶어 나도 모르게 이런 추태를 보였네요. 죄송합니다."

정빛나는 말을 하고 눈물 자국도 닦지 않은 채 넋을 놓고 나를 바라보고 있었다.

"빛나야, 아빠는 이해한다. 네가 그동안 얼마나 그리워하고 보고 싶었으면 숨도 쉬지 않고 달려가고 싶었겠느냐? 네 생부와 생모도 너를 그리워하면서 너를 만나기를 매일매일 하늘에 빌며 기도 하고 있을 것이다. 곧 만난다니 기다려보자."

"아빠……."

정빛나는 아빠를 불러놓고 말은 못하고 무엇을 바라고 바라만 보고 있었다.

〈 10 〉

 다음날 정주영 회장과 정빛나는 떠나고 그 뒤로 8개월이 지났는데 어디에서 소문을 듣고 오는지 천극도원에는 하루에 적게는 7, 8백 명, 많게는 천 명 가까이 몰려들고 있었다.
 "세상에 이런 곳도 있다니 여기가 극락이냐, 천국이냐?"
 수많은 사람들은 웃음꽃을 피우고 수군대며 즐거워하고 있었다.
 "이 세상에서 우리 인간은 천년만년 사는 것도 아니고 구름처럼 잠시 떠 있다 사라지는 것입니다. 죄 짓지 말고 이웃을 내 형제처럼 사랑하고 하루에 단돈 백 원, 천 원이라도 내 이웃을 도우며 살아가는 세상을 만듭시다. 우리 사랑 나눔 실천 본부는 그것을 실천하고 있는 것입니다."
 방송에서 흘러나오는 말이 끝나자 여기저기서 우레와 같은 박수 소리가 저 하늘 끝까지 울려 퍼지고 있는 것 같았다.
 "나는 하동에서 온 김달수네. 자네는 어디서 왔는가?"
 "나는 서울에서 온 하수봉이네. 어제 그제 소문을 듣고 오늘 아침에 구례읍 시내버스 정류장에서 여기서 운영하고 있는 버스를 타고 왔는데 와서 보니 내가 꿈을 꾸고 있는 것이 아닌가 하는 생각이 드는군. 세상에 이런 곳도 다 있다니 정말 아름다운 곳이구먼."

"하 선생, 그렇지요? 나는 어제 왔는데 하루 동안이지만 저 꽃밭의 나비들처럼 근심 걱정을 털어버리고 춤을 추며 지내다 내일모레 떠나자니 꼭 지옥에 들어가는 생각이 드는군요. 여기서 며칠간 더 있다 갔으면 좋겠지만 여기서 머물 수 있는 날이 2박 3일 이상은 안 된다고 하니 나는 내일모레 떠날 수밖에 없는데 이 세상을 살기 좋은 세상으로 만들어야겠다는 생각은 드는군요."

"김달수 선생님, 정말 그런 생각이 들어요?"

언제 왔는지 가월유발 스님이 웃음꽃을 피우며 말하고 있었다.

"예, 스님, 아니, 원장님, 그래요. 여기 올 때는 내 욕심 때문에 마음이 복잡했었는데 짧은 기간이지만 여기서 지내다보니 남도 생각하는 마음이 생겼어요."

"김달수 선생님, 그래요. 그렇게 살아요. 이 세상은 새벽이슬처럼 잠시 머물다 사라지는데 우리가 떠날 때는 먼지 하나도 가져갈 수 없어요. 하루에 단돈 백 원, 천 원이라도 남을 돕고 살아요. 그러면 하늘나라에서 극락이나 천국이나 아니면 무릉도원에 가서 살 거예요."

"원장님, 그래서 예수님이나 부처님께서 우리 인류를 구원하기 위해 이 땅에 오신 것이 아닌가요?"

"김달수 선생님, 맞아요. 김달수 선생님은 예수님과 부처님을 정확하게 알고 있군요?"

"아니, 아니, 그것이 아니지. 예수님과 석가를 싸잡아 생각하다니 큰일 날 소리를 하고 있군."

서울에서 온 하수봉은 예수 기독교인인지 팔짝팔짝 뛰고 있었다.

"하 선생, 예수님이나 부처님 두 분 다 우리 인류를 위해 고행을 하다 돌아가셨는데 다른 것이 무엇이 있다고 엉뚱한 말을 하고 있는가?"

"김 선생, 김 선생은 세상을 헛살았군요? 석가모니는 우리가 죽으면 윤회네 어쩌네 하고 있지만 예수님을 믿으면 우리가 죽어도 하늘나라에 가 영원히 살 수 있으니 아무 소리 하지 말고 더 늦기 전에 교회에 나가 하나님을 믿으세요. 하나님을 믿으면 천국에 들어가 영원히 살 수 있어요."

하수봉은 골수분자 기독교인 같았다.

"아이고, 그게 무슨 소리여? 예수를 믿으면 우리가 천국에 들어가 산다니 저 들판에 핀 꽃들이 듣고 웃겠다. 그 말을 믿고 있는 하 선생이 불쌍하군요."

"김 선생, 들판에 핀 꽃들이 듣고 웃다니 너무 심한 말을 하는 것이 아니에요? 그리고 내가 불쌍하다니? 나는 당신이 가질 수 없는 하나님의 사랑을 받고 있는 사람이에요. 함부로 말을 지껄이지 말아요. 그러다 후회할 수 있어요."

"뭐가 어쩌고 어쨌다고? 후회라니? 세상 무서운 줄 모르고 까불고 있는데 하 선생, 말조심해요."

두 사람은 옥신각신 다투고 있었다.

"하 선생님, 김 선생님, 그만 하세요. 우리 천극도원이 문을 연 지 얼마 되지도 않았는데 벌써부터 이런 일이 일어나다니 우리들의 불찰이군요. 김 선생님은 불교를 믿고 있나요?"

"아니요. 절에 몇 번 가 살아 있는 생명은 귀한 것이니 살생을 하지 말라고 하는 말을 듣고 옳은 말이다 생각은 했지만 부처님을 믿는 것은 아니에요."

"그럼, 하 선생님은 기독교를 믿고 있나요?"

"그래요. 저는 사랑교회 권사예요."

"그럼, 권사님께서는 십일조 헌금도 하겠네요?"

"스님 원장님, 그야 물론이지요. 하나님께서 주셨으니 하나님을 위해 써야지요."

"하 선생님, 하나님은 천지를 창조하셨고 모든 것을 다 가지셨으니 십일조네 뭐네 하며 교회에 바치는 것보다 우리 이웃을 사랑하며 돕고 사는 것이 하나님을 위한 것이 아닐까요?"

"원장님, 그것은 하나님을 모르는 자들의 생각입니다. 이 세상 즐거움도 버리고 오직 하나님을 위하여 살아야 천국에 간다고 했어요."

"하 선생님이 그렇다니 그렇게 살 수밖에 없겠네요. 십일조 헌금을 하고 무슨, 무슨 헌금을 하면 천국에 가는데 누가 막을 수 있겠어요? 그래요. 김 선생님 말도 맞고, 하 선생님 말도 자기가 그렇게 생각하다면 맞는다고 생각할 수 있겠네요. 그러나 예수님 교회에서 이런저런 헌금을 한다고 천국에 가고, 부처님을 믿는다고 다 극락에 가는 것은 아니잖아요? 그러니 종교를 가지고 싸울 것이 아니라 어떻게 하면 죄 짓지 않고 살다갈 것인지 생각했으면 좋겠습니다. 남을 헐뜯고 시기한다면 천국이나 극락에 갈 수 있겠어요? 예수님이나 부처님을 믿는 것은 우리 마음을 기대고 싶어서 믿는 거라 생각합시다. 더 이상 싸우지 말고 여기 있는 동안 편안히 있다 갔으면 좋겠네요. 여기서는 싸움은 어떤 경우라도 용서할 수 없어요. 그냥 훨훨 털어버리고 웃고 넘어가요. 그래야 다음에라도 이곳을 찾고 싶으면 올 수 있어요. 뮤제를 일으킨 사람은 이곳에서 두 번 다시 받아주지 않으니 이쯤에서 끝낸다면 조용히 넘어가겠어요. 두 분 옷 색깔을 보니 김달수 선생님은 어제 들어오셨고 하 선생님은 오늘 들어오신 것 같은데 편안히 쉬었다 갔으면 좋겠습니다."

"원장님, 나는 내년에도 오고 싶어요. 우리를 용서해주세요."

김달수는 간절히 빌고 있었지만 하수봉은 기독교를 믿는 권사라 그런지 아니면 여기 온 것이 못마땅한지 엉뚱한 곳만 바라보고 있었다.

"하 선생님은 못마땅한 것 같은데 그런가요?"

"그래요, 맞아요. 내가 여기 온 것은 잠시 쉬었다 가기 위한 것이 아니라 소문을 듣고 온 거예요. 이 세상은 잠시 있다 사라지는 안개와 같은데 여기서 지내면 산수가 아름다워 몇 백 년을 살 것처럼 소문이 나 어떤 곳인가 알고 싶어 온 거예요."

"하 선생님은 여기 와서 보니 천국은 아니지만 싫은 것은 아니지 않아요?"

"물론, 그것은 맞아요. 풍광이 아름답고 편안한 마음이 드는 것이 세상과 떨어진 별천지란 생각은 들어요. 그리고 이렇게 수많은 사람들한테 베풀면서 아무것도 바라지 않고 내준다는 것은 천사들이나 할 만한 일인데 사람이 이렇게까지 한다는 것은 흔한 일은 아니지 않아요? 그것은 마음에 들어요."

"하수봉 선생님, 그럼 됐어요. 우리는 더불어 살아가는 좋은 세상을 만드는 것이 목표예요. 기독교인이 그런 생각까지 했다면 우리는 성공한 거예요. 이제 그만 이러쿵저러쿵 싸우지 말고 편안히 쉬었다 가세요."

가월유발 스님은 갑자기 김미란 집사가 떠올라 이상한 생각이 들어 끈질긴 인연이 있을 거라 생각하며 돌아서 가고 있는데 김달수가 말을 하였다.

"원장님, 잠깐만요. 내가 아무리 생각을 해도 이해할 수 없는 것이 있어요. 원장님께서는 부처님을 믿으면서 천극도원에 오는 사람들한테 끼니때마다 소고기, 돼지고기, 닭고기를 해주는데 이상하다는 생각이 들어요. 그리고 부처님에 대해서는 일언반구도 없는데 내가 백 번, 천 번을 생각해도 이해할 수 없군요. 부처님을 모시는 스님이 그래서는 안 되는 것이 아닌가요?"

"김 선생님, 김 선생님이 저를 생각하고 말하고 있군요?"

"스님, 그래요. 저는 어떤 종교도 믿지 않지만 지금 같은 세상에 스님 같은 분이 있다는 것이 이 세상 사람들의 영광이고 행복이지만 절에서 이러는 것은 스님이 부처님한테 죄를 짓고 있지나 않나 염려가 되는 것은 사실이에요."

"김 선생님, 부처님께서 착한 일을 하는데 탓할 수 있겠어요? 내가 고기를 먹지 않고 부처님 가르침대로 살면 되는 것이 아닌가요? 그리고 나는 다른 사람 인생을 나와 같이 살라고 말할 수 없어요. 그것은 그 사람의 인생이니까요. 그리고 여기는 절과 떨어져 있어요. 그런데 내가 불교에 대해서 한 마디라도 말을 한다면 하수봉 선생님 같은 기독교인들이 오겠어요? 우리는 이 세상 사람이라면 누구든 왔다 쉬어가는 지상낙원 쉼터를 만들고자 한 거예요. 그리고 종교는 이 종교가 좋다, 저 종교가 좋다 말할 수 없는 것이 아닌가요? 자기가 예수님을 믿고 싶으면 믿는 것이고 석가모니를 믿고 싶으면 믿는 것이지요. 종교는 저승에서 좋은 세상으로 가기를 원하기 때문에 믿는 것이므로 강요할 수 없어요. 물론, 극락과 천국이 있는지 갔다 온 사람은 없지만 있다고 믿고 있어 덕을 쌓고 저승의 곳간을 채우기 위해 정주영 회장이나 조성두나 원장이 이렇게 베풀면서 살자는 거예요. 김달수 선생님께서도 뜻이 있다면 우리와 함께할 수도 있어요."

"스님, 아니, 원장님, 그게 정말이에요? 나도 함께할 수 있어요?"

"그럼요. 할 수 있어요. 그런데 여기서 일하시는 재무이사님도 딸이 부장검사이지만 보수는 받지 않고 이웃을 사랑하는 마음으로 일하고 있어요. 그러니까 자기 적성에 따라 하루에 2, 3시간 일하고 자연을 벗 삼아 살아가면서 세상이 아름답다 생각하고 즐기며 사는 것이지요."

"스님 원장님, 그것이 우리 인생이 사는 행복이 아닐까요?"
"김 선생님이 그렇게 생각한다니 내가 기분이 좋군요."
그때, 천극도원에서 일하는 사람이 뛰어와 말하고 있었다.
"스님 원장님, 우리 천극도원에 사고가 났어요. 방금 구례경찰서에서 전화가 왔는데 조성두나 원장님께서 식재료를 싣고 오다가 차와 충돌하여 다쳐서 구례병원에 입원했다는군요. 어쩌면 좋아요?"
"경찰서에서 뭐라고 이야기하던가요? 생명에는 지장이 없다고 하던가요?"
"스님 원장님, 그것은 모르겠어요. 원장님께서 가보셔야 될 것 같아요."
"그래야지요. 얼른 가서 차 대기시켜요."
"원장님, 우리도 가보고 싶군요. 그래도 될까요?"
김달수와 하수봉은 이구동성으로 말하고 있었다.
"두 분, 정말 감사합니다. 조성두나 원장님께서 병원에 입원했다고 하니 걱정이 되어 가보고 싶어 하는 것 같은데 내 이웃을 사랑하는 마음을 갖고 살아야 아름다운 세상이 되는 거예요. 우리 천극도원에서 바라는 세상이 이런 세상이에요. 내가 하늘을 날아가는 기분이군요."
가월유발 스님은 기뻐서 눈물을 흘리고 있었다.

"원장님, 오늘 아침에 조성두나 원장님과 마주쳤을 때 보았던 해맑은 웃음이 아직도 선한데 괜찮겠지요?"

"김 선생님, 조성두나 원장님은 괜찮을 거예요. 그렇게 쉽게, 억울하게 세상을 떠날 상이 아니니 나는 믿어요. 두 분께서 안 가셔도 될 것 같네요."

"원장님, 그렇지만 저는 의사예요. 물론, 병원에 있다니 안심은 되지만 서울 병원으로 이송하게 된다면 제 도움도 필요할 것 같아 함께 가고 싶군요."

"하 선생님께서 의사셨군요?"

"예, 저는 서울 대산병원 외과 의사예요. 휴가 기간에 여기 소문을 듣고 도대체 어떤 곳인가 알고 싶어 온 거예요."

"아아, 그렇군요. 우리 천극도원 소문이 서울까지 났군요? 그래서 서울에서 아주 귀한 분이 오셨군요?"

"원장님, 천극도원은 지상낙원이라는 소문이 하루가 다르게 세상에 퍼지고 있어요. 대한민국 국민이라면 모르는 사람이 없을 거예요."

"그래요? 나는 몰랐어요. 내가 보람 있는 삶을 살고 있군요. 그럼, 같이 갑시다."

세 사람은 천극도원에 대기하고 있던 차를 타고 구례병원으로 가고 있었다.

"원장님, 아까 정주영 회장님 말씀도 하던데 그 분과 천극도원은 무슨 관계가 있는 거예요?"

"하수봉 선생님께서는 오늘 들어오셨는데 이런 사고가 나 우리가 하 선생님 볼 면목이 없군요. 그 분이 천극도원을 설립한 분이에요."

"어쩐지 재벌이 아니면 흉내도 못 낼 일을 한다고 생각했었는데 역시 그랬군요? 서울 우리 대산병원도 정주영 회장님 딸 정빛나 이사장님께서 운영하시는 병원이에요. 조성두나 원장님께서 그렇다면 구례병원에 있는 것보다 서울 병원으로 이송하는 것이 낫지 않을까요? 정주영 회장님께 연락을 하세요."

"하 선생님, 정빛나 공주님이 운영하는 병원이라면 당연히 옮겨야지요. 천극도원 비상망에는 전라남도 경찰청뿐만 아니라 구례경찰서, 정주영 회장님과 정빛나 공주님한테까지 연락망이 형성되어 있으니 어떤 조치를 이미 취했을 거예요. 그리고 정주영 회장님과는 조금 전 통화를 했으니 곧 오실 거예요."

"원장님, 그런 줄도 모르고 아까 제가 소란을 피워 죄송합니다."

"하 선생님, 우리는 인간이에요. 인간이니까 실수를 하는 거예요. 그러니 신경 쓰지 말아요."

"하 선생, 내가 잘못했어요. 유명하신 분인 줄도 모르고 내가 주제넘게 오지랖을 떨었군요. 나를 용서해주세요."

"김 선생, 실은 나도 내가 왜 그랬는지 후회하고 있어요. 우리가 종교를 가지고 이래서는 안 되는데 심심한 사과를 드리겠습니다. 김 선생님께서도 나를 용서해주세요."

"호호호. 두 분 보기가 좋군요. 부처님과 예수님께서도 이런 세상을 원했을 거예요. 두 분께서는 종교를 떠나 우리와 손을 잡고 좋은 세상을 만들었으면 좋겠네요."

"원장님, 내 생각에는 하루에 수백 명이 들어오고 나가고 하는데 여기에서 상주하는 의사도 필요할 것 같은데요?"

"하 선생님, 그거야 그렇지요. 필요하지요. 조성두나 원장님이 사고를 당하고 보니 더 절실히 느껴지는데 우리가 의학에 대해서는 전혀 상식이 없으니 답답하군요. 그 문제는 빠른 시일에 정주영 회장님과 정빛나 공주님하고 의논해 보겠지만 하수봉 선생님께서 우리와 함께할 수만 있다면 우리 천극도원은 지상 최고 낙원이 되지 않을까 하는 생각이 들어요. 하 선생님, 우리를 도와주세요. 그리고 김달수 선생님도 믿음이 가는데 우리와 함께한다면 더 없는 영광이에요. 물론, 보수는 생각하는 것보다 적을 수 있어요. 그러나 여기서 일하는 보람은 있을 거예요."

"원장님, 여기서 주는 보수가 얼마 되지 않겠지만 조성두나 원장님께서는 그것도 일절 사양하고 지금도 정부에서 주는 돈으로 생활하면서 일한다고 들었어요. 조성두나 원장이야말로 천사가 아닌가요? 나도 조성두나 원장님과 같은 삶을 살고 싶어요. 보수는 여기서 먹고 자고 하니 그다지 필요 없을 것 같네요."

"김 선생님, 조성두나 원장님은 가족이 없기 때문에 그것이 가능한 거예요. 김 선생님은 가족을 부양해야 하니 어렵지 않겠어요?"

"원장님, 내 나이 이제 갓 60이 넘었는데 마누라는 3년 전에 죽었고, 아들딸 삼남매는 모두 다 출가했으니 내 한 몸 간수하는 것뿐이에요. 그러니 나도 조성두나 원장님처럼 세상 살아가는 재미가 이런 것이구나 생각하며 살 수 있었으면 좋겠습니다. 그렇게 살 수 있도록 해주세요."

"김 선생님, 김 선생님이 그렇다면 우리가 마다할 이유가 없지요. 환영합니다. 보수는 양말 몇 켤레 살 수 있는 정도로 아주 아주 적지만 여기서 지내는 보람은 있을 거예요."

"원장님, 자기 욕심을 채우며 봉사할 수 있나요? 내가 돈에 욕심이 있었다면 지금쯤 빌딩 몇 채는 가지고 있었을 거예요. 나는 돈에는 욕심이 없어요. 지금처럼 살 수만 있다면 더 없는 영광이지요. 어젯밤에 조성두나 원장님과 이야기할 기회가 있어 이런저런 이야기를 해보니 조성두나 원장님하고 통하는 데가 많았어요. 그래서 같이 일하고 싶은 생각은 들었지만 내가 과연 원장님처럼 흘러가는 세월 아름답다 생각하며 모든 것을 내려놓고 살 수 있을까 하는 생각 때문에 결정을 못 내리고 고민을 하고 있었는데 조성두나 원장님께서 사고를 당했다 하니 바람 같은 인생 이렇게 사나 저렇게 사나 어차피 떠나는 인생이다 생각하니 쉽게 결정을 내릴 수 있었습니다."

"김 선생, 잘하셨어요. 우리 함께 손을 잡고 좋은 세상을 만듭시다. 김 선생 결정에 저도 탄복했어요. 나도 이제 더 이상 질질 끌 이유가 없어졌군요. 내 입에 풀칠 정도만 할 수 있다면 그것으로 만족하겠습니다."

"하 선생, 입에 풀칠이라니요? 하 선생은 의사이시니 의식주에는 걱정이 없으리라 생각합니다. 그런데도 입에 풀칠을 걱정하시는데 그런 것은 걱정하실 필요가 없어요. 여기에 있으면 입이 호강하는 거예요. 매 끼니때마다 고기반찬이 나와 마음까지 행복한 걸요. 하늘나라 천국이나 극락이 따로 없어요. 여기가 천국이고 극락이에요."

"김 선생님 말이 맞아요. 우리 인생 마음먹기에 달려 있어요. 해가 뜨면 즐거워 춤을 추고 달이 뜨면 기뻐서 노래를 부르고, 꽃피는 계절이 오면 행복하다 생각할 수 있고, 비가 오면 비를 맞고 눈이 오면 세상이 아름답다 생각하고 사는 것이 얼마나 행복한 세상이에요? 우리가 살고 있는 이 세상이 극락이고 천국이다 생각하고 살아요."

"스님 원장님 말씀이 맞는 것 같네요. 우리 기독교에서 말하는 천국이나 불교에서 말하는 극락은 죽은 영혼이 가는 세상이 아닌가요? 우리가 이 세상에 살아 있어 행복하다면 사는 동안에는 여기가 극락이고 천국이다 생각하며 살아야 되겠군요?"

"하 선생님, 기독교인이 그런 생각을 갖기란 쉽지 않을 텐데 고마워요. 조성두나 원장님께서 완쾌되어 나오시면 이 세상을 극락과 천국보다 더 좋은 세상이라고 말할 수 있게끔 그런 세상을 우리가 만들어요. 병원에 다 온 것 같은데 들어가요."

세 사람이 병원으로 들어가고 있는데 정두섭이 뛰어나와 말하고 있었다.

"가월유발 스님, 조성두나 이 친구가 어쩌다 이렇게 된 거예요?"

"정두섭 불자님, 오셨군요? 안 그래도 보고 싶었어요. 중동에서 언제 오신 거예요?"

"스님, 저는 오늘 아침 비행기에서 내리자마자 이 소식을 듣고 온 거예요. 와서 보니 조성두나 저 친구가 의식 불명으로 산소 호흡기만 달고 있으니 이 무슨 난리예요?"

"불자님, 조싱두나 원장님은 괜찮을 거예요. 너무 염려하지 말아요."

"스님, 그렇지가 않아요. 이 병원 원장님 말로는 3일을 넘기기가 어렵다는데 살 수 있을까요?"

"정두섭 불자님, 나는 믿어요. 조성두나 원장님은 죽지 않아요."

"스님, 말을 너무 쉽게 하고 있군요? 지금 조타자 성도님은 사경을 헤매고 있는데 그렇게 쉽게 말할 수 있어요?"

"김미란 집사님도 오셨군요? 그런데 집사님은 여기를 어떻게 알고 오신 거예요?"

"왜요? 나는 오면 안 되나요?"

"그것은 아니지만 뜻밖이어서요."

"스님, 나는 조타자 성도님 일거수일투족을 보고 있는 사람입니다."

"그렇군요? 조성두나 원장님은 참 행복한 사람이군요?"

"스님, 그런 농담이 나와요? 조타자 성도님은 언제 숨이 끊어질지 모르는데 장난치고 있는 거예요?"

"김미란 집사님, 그런 재수 없는 소리는 하지 말아요."

"뭐라고? 재수 없는 소리라고? 이런 땡중을 봤나? 조타자 저 사람이 사경을 헤매고 있어 참는다만 함부로 입을 놀리지 마라. 그러다 너는 후회하게 될 수도 있다."

김미란 집사는 조성두나 원장과 아주 가까운 사이인 것처럼 성을 내며 말하고 있었다.

'허허, 나보고 땡중이라니? 그래, 머리도 깎지 않은데다 원장이라는 직책 때문에 그렇게 말할 수도 있겠다.'

"원장님, 이러고 있을 때가 아닙니다. 3일을 넘기기 어렵다면 위험한 것 같은데 얼른 서울 큰 병원으로 이송하는 것이 좋겠습니다."

"하 선생님, 그래요. 그래야겠어요."

스님은 김미란 집사는 거들떠보지도 않고 병실로 가고 있었다.

"집사님, 조타자 성도님과는 어떤 깊은 인연이 있기에 그렇게 열을 내 말씀하시는 거예요? 집사님이 성을 내는 것은 처음 보네요."

"권사님, 조타자 성도님과 나는 하늘에서 맺어준 인연이 있어요. 어쩌다 보니 긴긴 세월 떨어져 살라는 운명이었지만 내 딸들이 어젯밤에도 나타난 것을 보면 이제야 때가 왔지 않았나 싶긴 해요."

"집사님, 그럼, 조타자 성도님과 딸까지 낳은 사이였어요? 내가 꿈을 꾸고 있는 것은 아니죠?"

"권사님, 이것이 그 사람과 나와의 운명이지만 내 잘못이 컸어요. 그때 하룻밤 불장난으로 애가 생겼는데 그 애를 지웠으면 이것이 개 운명이다 생각하고 잊고 살았을 거예요. 그런데 그 시절에는 그런 생각은 가질 수도 없는 세상이라 낳아 키울 수 없어 입양 보냈어요. 그런데 그 애가 어느 하늘 아래에서 살고 있는지 요즘 들어 자주 꿈에 나타나는 것이 이상하다 했는데 저 원수 같은 인간이 병원 신세라니 하늘도 무심하시지…….”

"집사님께서 그래서 조타자 성도님이 다대포 몰운대에서 사고가 났을 때도 반실성한 사람처럼 행동했었군요?"

"권사님, 그거야 그때는 나도 모르는 순간에 일어난 일이었지만 어쩌겠어요? 수십 년 전에 불장난으로 끝난 부부 인연이라고 말할 수도 없고 제 새끼 낳은 것도 모르는데 이제 와서 제 새끼가 있다고 말할 수도 없고 또 내가 키우고 있는 것도 아니니 떳떳하게 나설 수 없어 보고만 있었던 것이지요."

"집사님, 내가 보기에 조타자 성도님과 스님도 보통 사이가 아닌 것 같았어요. 조심해야겠어요."

"권사님, 부부 인연은 하늘에서 맺어주는 거예요. 그렇다 해도 어쩔 수 없는 것이 아닌가요?"

"하긴 그렇군요. 우리 인생 자기 뜻대로 되는 일이 없으니 세월이 말해주겠군요. 집사님, 우리도 여기까지 왔으니 병문안 갔다 가는 것이 어때요?"

"권사님, 당연히 그래야지요. 가요."

김미란 집사와 안영선 권사가 심각한 표정으로 조타자 성도를 생각하며 몇 발짝 떼는데 정주영 회장이 들어오며 말하고 있었다.

⟨ 11 ⟩

"김미란 집사님, 여기서 또 만나다니 집사님과 나는 아주 깊은 인연이 있나 봅니다. 반가워요."

"회장님, 그런 것 같네요. 회장님께서도 조타자 성도님이 사고 당한 것을 알고 오신 거군요?"

"예, 그래요. 조성두나 원장님은 앞으로 큰일을 할 분인데 사고를 당하다니 걱정이군요. 빛나야, 조성두나 원장님하고는 절친한 사이이신 김미란 집사님이시다. 인사드려라."

"예, 아빠."

정빛나는 예의 바르게 옷맵시를 고치고 정중히 고개 숙여 인사를 하고 있었다.

"정빛나입니다. 와주셔서 감사합니다."

"잠깐, 이름이 빛나라 했나요?"

"예, 집사님. 제 이름은 정빛나예요. 왜 그러세요?"

"아, 아니요. 내 딸 이름이 빛나라 묘하군. 어디서 본 것처럼 느낌이 오는데 왜 이러지? 분명 우리는 처음이잖아요?"

"집사님, 그래요. 우리는 처음이에요. 집사님께서 뭔가 착각하고 있는 것 같은데 저는 학창시절부터 미국에서 많은 세월을 보냈기 때문에 한국에는 아는 사람이 별로 많지 않아요. 집사님께서 잘못 알고 있는 것 같군요."

"그것 참, 어디서 꼭 본 것처럼 내 머릿속에서 솔솔 피어나고 있지 아무리 기억을 더듬어도 떠오르지 않는데 하늘의 뜻인가 보군요."

"집사님, 우리 빛나가 텔레비전에 몇 번 나왔으니 그때 보고 그런 것 같군요. 환자 병문안 오셨다면 들어갑시다."

"예, 회장님. 제가 가끔가다 실수를 해요. 죄송합니다."

"집사님, 실수라니요? 아니에요. 우리 인간은 누구나 그럴 수 있는 것이 아닌가요? 너무 신경 쓰지 말아요."

정빛나는 말을 하고 김미란 집사가 안쓰러워 쳐다보고 또 쳐다보고 하였다. 그때, 병원장이 간호사와 병실로 뛰어 들어가고 있었다.

"아빠, 원장님께서 위험하신 것 아니에요? 어쩌면 좋아요?"

"빛나야, 아무 일 없을 것이다. 내가 서울에서 스님 원장님과 통화를 했는데 조성두나 원장님은 쉽게 세상을 떠날 상이 아니라고 자신 있게 말하더구나. 큰일은 없을 것이다. 나는 스님 원장님을 믿는단다. 그러니 너무 걱정하지 마라."

"회장님께서는 그 땡중의 말을 믿고 있는 거예요? 그 땡중을 믿어서는 안돼요. 그러다 후회할 거예요."

"집사님, 땡중이라니요? 말이 너무 심한 것 아니에요?"

"회장님, 아니요. 그 땡중은 승복만 입었지 두 얼굴을 가지고 있는 사람이에요. 조심하세요."

"집사님, 집사님께서 오해하고 있군요? 스님 원장님 같은 예언가는 아마 이 세상에 몇 명 없을 거예요. 나는 스님 원장님을 믿어요. 내가 스님 원장님 말씀에 저 머나 먼 하늘나라를 갔다 왔거든요."

"회장님, 그 말씀은 또 무슨 말씀이에요? 하늘나라를 갔다 왔다니요?"

"집사님, 나는 중동에다 내 목숨을 건 사업을 할까 말까 두 갈래 길에서 수천 날을 고민했었어요. 내가 우리나라에서 유명하다는 점쟁이들한테도 찾아갔지만 점쟁이들도 하늘의 뜻을 모르는지 머뭇거리고만 있었는데 가월유발 스님 원장님께서 실패는 없다고 하라고 자신 있게 말하더군요. 그래서 나는 내 목숨을 건 사업을 일사천리로 진행했지요."

"회장님, 그래서 그 사업은 성공한 거예요?"

"예, 집사님. 나한테도 그렇지만 우리나라 국익에도 어마어마한 도움이 된 것이지요."

"회장님, 그 땡중이 그렇게 용하단 말이에요?"

"예, 집사님. 조성두나 원장님한테도 느지막한 때에 세상에 반짝반짝 빛을 뿌리며 산다고 했는데 지금은 삶에 지쳐 돈을 멀리하고 관심이 없는 것처럼 살지만 머지않아 세상이 깜짝 놀랄 큰 변화가 올 거라 나는 확신합니다."

"회장님, 조타자 성도님은 옛날에도 그랬어요. 엉뚱한 짓을 잘하는 사람인데 저도 그 말을 믿고 싶네요."

"그럼, 집사님께서는 옛날부터 조성두나 원장님을 잘 알고 있었군요?"

"그럼요. 우리는 3일간의 불장난으로 끝났지만 그 누구도 허물 수 없는 만리장성을 쌓은 그런 관계예요."

"세상 참 재미있군요. 옷깃만 스쳐도 인연이라는데 집사님과 이렇게 얽일 줄은 몰랐어요."

"아빠, 집사님이 그렇다면 천극도원 운영에 집사님께서도 조성두나 원장님과 함께했으면 좋겠네요."

"빛나야, 집사님은 교회에 다니는데 그것이 가능하겠느냐? 그 문제는 천천히 생각하고 조성두나 원장님을 살리는 것이 우선이다. 가자. 집사님, 갑시다."

"예, 회장님."

김미란 집사는 뒤따라가면서 곰곰이 생각하고 있었다.

'정빛나 저 여자가 무슨 소리를 하고 있는 것이냐? 나보고 절에서 땡중과 함께 일하고 있는 사람을 도와달라니? 말도 안 돼. 어림도 없는 소리다. 그런 말은 하지도 마라.'

김미란 집사는 이런저런 생각을 하면서 가고 있는데 병이 도졌는지 머리가 어지러워 걸음을 옮길 수가 없었다.

"이놈의 병이 왜 하필 지금 이러는 것이냐?"

김미란 집사는 말을 하다 쿵 쓰러지고 말았다.

"집사님, 왜 이래요? 정신 차려요!"

정빛나는 깜짝 놀라 김미란 집사를 응급실로 옮기고 있었다.

"빛나야, 상황을 보고 나한테 연락을 해라. 나는 병실로 가서 조성두나 원장님을 봐야겠다."

"아빠, 그러세요. 집사님 곁에는 제가 있겠어요."

"그래, 그게 좋겠다."

정주영 회장이 병실로 가고 있는데 조성두나 원장이 호흡기를 달고 침대에 누워 의사들과 나오고 있었다. 정주영 회장은 놀라 아무 말도 못하고 가월유발 스님 원장만 바라보고 있었다.

"회장님, 오셨군요?"

"스님 원장님, 조성두나 원장님이 위험한가요?"

"회장님, 병원장님 말씀은 뇌를 다쳐 살아날 가망이 없다고 하면서 오늘밤을 넘기기가 힘들 거 같다고 하는데 내 생각은 변함이 없어요."

"그래요. 나는 스님 원장님을 믿어요. 조성두나 원장님은 죽지 않을 거예요."

"회장님, 조성두나 원장님을 서울 대산병원으로 이송하려고 합니다. 회장님과 의논 없이 저질러 죄송합니다."

"스님 원장님, 잘 하셨어요."

그때, 하수봉 과장이 와 말하고 있었다.

"회장님, 이사장님과 상의도 없이 일을 저질렀는데 회장님께서 그렇게 말씀하시니 감사합니다."

"하 과장, 하 과장이 있어서 안심이 되는군. 빛나 이사장도 여기에 와 있으니 아무 걱정하지 말고 환자가 위험하다니 어서 빨리 올라가게. 빛나 이사장과 나는 곧 뒤따라가겠네."

"회장님, 이사장님께서 이 병원에 계시다니요? 왜 오신 거예요?"

"하 과장, 이사장도 조성두나 원장 병문안 차 이 병원에 왔다가 아는 사람이 갑자기 쓰러져 응급실에서 치료받고 있는데 거기에 잠시 가 있으니 걱정 말고 올라가게."

"예, 회장님."

"회장님, 저도 천극도원에 들렸다 서울 병원에 가겠습니다."

"스님 원장님, 천극도원에 또 다른 문제가 있는 거예요? 그렇다면 서울 대산병원 이사장 빛나가 이 병원에 있는데 같이 천극도원에 들렸다 가는 것이 어떻겠습니까?"

"회장님, 공주님이 병원에 있다니요? 어디가 아픈 거예요?"

"아니요. 김미란 집사가 갑자기 쓰러져 응급실에 가 있어요. 너무 염려할 일은 아니에요."

"회장님, 김미란 집사가 얼마나 위급한 상황인지 모르나 조성두나 원장님 상태가 위급하니 그냥 올라가시지요. 저는 우리 차로 천극도원에 잠시 들렸다 바로 서울로 올라가겠습니다."

"스님 원장님이 그렇다니 할 수 없군요. 나도 김미란 집사 얼굴만 보고 바로 서울로 올라가겠습니다."

정주영 회장이 김미란 집사가 있는 응급실로 가고 있는데 정빛나가 나오면서 말하고 있었다.

"아빠, 조성두나 원장님은 괜찮아요?"

"빛나야, 원장님은 방금 서울 대산병원으로 이송되었다. 집사님은 괜찮은 것이냐?"

"예, 아빠. 집사님은 깨어났어요. 집사님 병은 평생을 짊어지고 가야 할 병이래요. 집사님이 안 됐어요. 그래서 제가 우리 대산병원에 와서 다시 한 번 진단을 받으라고 했으니 수일 내로 서울에 올라오실 거예요."

"빛나야, 참 잘했다. 어려운 사람을 돕고 살아야지. 그것이 우리가 사는 세상이다. 네 올케처럼 백 날, 천 날 교회에 가서 하나님한테 바친다고 천국에 간다고 생각하지 않는다. 하나님이 있다면 어쩌면 너처럼 이웃을 사랑하고 돕고 사는 것을 원했을 거라는 생각이 든다. 빛나야, 그나저나 평생을 짊어지고 가야 할 병이라면 대산병원에 온다 해도 어렵지 않겠느냐?"

"아빠, 그렇긴 해요. 그러나 김미란 집사님께서 서울 큰 병원에 왔다 간다면 사는 동안 편안한 마음으로 살지 않을까 싶어요. 그래서 제가 서울 병원으로 오셔가지고 다시 한 번 진단을 받으라고 했어요."

"빛나 네가 아주 깊은 생각을 했구나. 잘했다."

그때, 김미란 집사가 응급실에서 나오면서 활짝 웃으며 말하고 있었다.

"회장님, 놀라셨지요? 제가 이런 추태를 보이다니…… 제가 가끔가다 저도 모르는 순간에 이래요. 정말 죄송하고 부끄럽군요."

"집사님, 아, 아닙니다. 그 정도라니 천만다행입니다."

"회장님, 회장님 따님께서 보통 우리 인간이 할 수 없는 행동을 하고 있는데 어떻게 저 같은 인간한테 자기 부모를 대하듯 정성을 다하는지 정말 놀랐어요."

김미란 집사는 말을 하고 얼마나 고마운지 펑펑 울고 있었다.

"집사님, 울지 말아요. 누구나 할 수 있는 일이에요."

"아니요. 그렇지 않아요. 아무나 하다니요? 요즘 같은 살벌한 세상에 아무나 할 수 있는 일이 아니지요. 회장님 따님께서 천사 같은 분이라 할 수 있는 거예요. 회장님께서는 훌륭한 따님을 두셨으니 행복하시겠어요? 부럽네요."

김미란 집사는 말을 하고 닭똥 같은 눈물을 주룩주룩 흘리고 있었다.

"집사님, 그런가요? 기분이 좋군요. 그만 진정하시고 내 딸 빛나 이 애 말대로 서울에 오셔서 정확한 진단을 받아보시는 것이 좋겠습니다. 조성두나 원장님도 서울 병원으로 이송되었는데 우리도 이만 올라가겠습니다."

"회장님, 제가 딸을 그리워하다 보니 나도 모르게 이런 추태를 보였네요. 회장님께서 조타자 성도님 때문에 고생이 많으신데 미안해요. 서울에서 뵙겠습니다. 오늘 감사했어요. 안녕히 가세요."

김미란 집사는 말을 하고 병원 밖으로 나와 차를 타기 위해 반대 방향으로 가다가 갑자기 정빛나를 부르며 다가가고 있었다.

"정빛나 회장님 따님, 잠깐만요."

"집사님, 왜 그러세요? 조만간 다시 만날 텐데 무슨 할 말이 있다고 또 그러세요?"

"빛나 회장님 따님, 내가 이대로 갔다간 오늘 죽을지 내일 죽을지 내 명대로 살지 못하고 죽겠네요."

김미란 집사는 다짜고짜 달려가 정빛나 오른팔 옷소매를 걷고 있었다.

"집사님, 이 무슨 짓이에요? 무례한 행동 아닌가요?"

"빛나 회장님 따님, 제가 이렇게 확인하지 않고는 하루도 못 살 것 같네요. 저를 용서해주세요."

"집사님, 무엇을 확인한다는 거예요? 참 별일이군요. 이쪽 팔도 보여줄까요?"

"회장님 따님, 아닙니다. 분명히 내 큰딸 오른쪽 팔에 점이 있었는데 없는 걸 보니 내가 실수를 했군. 회장님 따님, 제가 실수를 했어요. 부모 마음을 이해해 주셨으면 감사하겠습니다. 다시는 이런 무례한 행동 하지 않겠습니다."

"집사님, 확인은 됐나요?"

"예, 회장님 따님, 확인은 됐어요. 그렇지만 회장님 따님 정빛나 님은 내 평생 잊을 수 없을 것 같네요."

"집사님, 저도 집사님과 가까이 있으면 왠지 모르게 엄마 냄새가 나고 끈끈한 정을 느낄 수 있어 마음을 열고 집사님을 돕고 싶었던 거예요. 꼭 잊지 말고 서울에 오셔서 진단을 받아보세요.”

"회장님 따님, 감사합니다. 저는 지금도 내 딸 같다는 생각에는 변함이 없어요. 그러니까 회장님 따님께서도 그 점은 잊지 않았으면 좋겠네요.”

"빛나야, 왜 그래? 왜 오다 집사님과 실랑이를 벌이고 있느냐? 네가 무슨 잘못이라도 저지른 것이냐?”

"아빠, 아무것도 아니에요. 아빠, 가요.”

"집사님, 서울 대산병원은 우리 빛나가 대표 이사장이에요. 꼭 오셔서 진단을 받아보세요.”

정주영 회장은 차를 타고 가다가 창문을 열고 큰소리로 말하고 있었다.

"집사님, 정주영 회장과 정빛나 이사장은 고마운 분들이군요. 우리 같은 사람한테도 격의 없이 대하다니 보통 사람은 할 수 없는 것이 아닌가요?”

"권사님, 나도 깜짝 놀랐어요. 나도 모르게 내 딸 같다는 생각에 정빛나 이사장한테 무례한 행동을 했는데 바다와 같은 넓은 마음으로 웃고 넘어가다니…… 나는 죽음을 각오하고 했었던 건데 내가 용꿈을 꾼 것 같네요. 정말 고마운 분들이에요.”

"집사님, 그래서 조타자 성도님한테 크나 큰 사업을 맡긴 것 같군요. 우리가 정월사에 가서 봤어야 했는데 아쉽군요. 언젠가

한 번 가보고 싶어요."

"권사님, 그거야 내일이라도 가볼 수 있는 것이 아닌가요?"

"집사님, 물론 그래요. 그러나 조타자 성도님이 서울 병원에 있는데 우리가 가면 환영하겠어요? 성도님이 퇴원한 후에 그때 가는 것이 좋겠어요."

"권사님, 그것은 그래요. 그렇게 해요. 나는 내일모레 서울에 갔다 올 거예요. 내 병이야 혈이 막혀서 고칠 수 없다니 그것은 기대할 수 없고 원수 같은 이 인간이 서울 병원으로 이송됐다니 죽을지도 모르는데 마지막이다 생각하고 멀리서라도 한 번은 보고 싶군요."

"집사님, 얼굴도 모르는 딸이 요즘 꿈에 자주 나타난다니 조타자 성도님이 그립겠지요. 이번에 만나서 털어놓고 말하는 것이 좋지 않을까요?"

"권사님, 나와 척을 지고 싶지 않거든 빈말이라도 그런 말은 두 번 다시 하지 말아요. 내 딸 빛나가 살았는지 죽었는지도 모르는데 내가 무슨 염치로 그 사람 앞에 나타나 무슨 말을 할 수 있겠어요? 아직은 아니에요. 그 인간 본다는 것은 핑계고 정빛나 이사장이 보고 싶어 가는 거예요. 그러니 더는 아무 말도 하지 말아요."

김미란 집사는 정빛나 이사장 앞에 점이 없었지만 딸이란 생

11. 185

각을 떨쳐버릴 수가 없었다. 그 많은 세월, 밤이면 밤마다 딸이 보고 싶어 흘린 눈물이 바다를 이룰 정도인데 팔에 점이 없다고 딸이란 생각을 포기하기엔 너무나 아쉬워 견딜 수가 없었다. 그래서 혼자 생각이지만 정빛나 이사장을 가까이에서 내 딸이라고 한 번만이라도 안아보고 싶은 마음에 서울에 가고 싶은 것이었다. 물론, 김미란 집사는 딸을 입양시키고 결혼해 남편하고도 얼마 살지 못하고 자식도 없이 사별한 것이 죄인 같아 딸을 만나기가 겁도 나고 부끄럽다는 생각은 들지만 딸을 보고 싶은 마음은 이 세상 어느 부모보다 크다고 생각하고 정빛나 이사장과 아름다운 만남이 이루어지기를 간절히 바라는 마음에 들떠 있었다.

"집사님, 회장님이 조타자 성도님을 서울 병원으로 이송시킨 것을 보면 소문 그대로이군요? 지리산에 호텔이 들어서 있고 누구나 하루 이틀 쉬어갈 수 있어서 지상낙원이라는 말이."

"권사님, 그런 것 같네요. 나는 1년에 백억, 10년 동안 천억 어쩌고저쩌고 할 때만 해도 회장이라는 사람이 아무것도 가진 것 없는 사람을 가지고 놀고 있다고 생각했었는데 성도님한테 저러는 것을 보니 사실이군요. 땡중 말이 그 사람이 느지막한 때가 되면 세상에 반짝반짝 빛을 뿌리며 산다고 한 것 같은데 어쩌면 그 말이 맞겠다 싶어요. 내가 그 사람과 단 3일 동안 만났지만 그때도 그 사람은 내가 생각할 수 없는 뜬구름 속에서 살았거든요."

"집사님, 저도 그런 생각은 했어요. 성도님이 처음 교회에 왔을 때 보통 사람은 할 수 없는 행동을 하기에 처음 온 사람치고는 다르다고 생각했어요. 성도님이 그런 분이였군요?"

"권사님, 그렇다고 너무 오버하지 말아요. 그 사람은 똑똑한 것 같지만 어쩌면 바보 머저리일 수도 있어요. 내가 여러 번 눈치를 줬는데도 모른 척하는 것을 보면 알 수 있어요. 그 사람이 회장한테 붙어서 저런 대우를 받는 것은 알맹이 없는 빈껍데기가 아름답게 포장하고 행동하고 있어서 그럴 수도 있어요. 내가 서울에 가는 것은 그 사람한테 지난 세월을 말할 수 있는 기회가 올지는 모르지만 딸이 있다는 말을 하고 싶은 생각은 조금은 있어서예요. 아까 내가 성질을 부린 것 같은데 미안해요."

"집사님, 괜찮아요. 집사님 마음이 얼마나 혼란스러울지 저도 그 생각을 하고 있어요. 그러니 신경 쓰지 말아요."

"권사님, 고마워요."

"집사님, 고맙다니요? 우리는 하나님의 한자매예요. 그런 말씀은 하지 말아요. 저도 집사님과 같이 서울에 동행하고 싶은데 그래도 될까요?"

"권사님, 서울은 부산에서 얼마나 걸리는 거예요? 저는 서울은 처음이라 걱정을 했는데 권사님이 같이 가신다니 한시름 놓았군요. 그래요. 같이 갑시다."

"집사님, 부산에서 서울까지는 ktx로 가면 2시간 30분 정도 걸릴 거예요."

"세상 참 좋아졌군요? 옛날에는 반나절은 갔었는데 2시간 30분이라니 우리가 좋은 세상에 살고 있군요?"

두 사람은 교회에서도 친자매 이상으로 두터운 사이라고 소문이 나 있었다.

김미란 집사와 안영선 권사는 다음다음 날 기차를 타고 서울에 가고 있었다. 김미란 집사는 정빛나 이사장을 만나면 무슨 말을 할까 그 생각 때문에 머리가 환해져 몸을 이리 틀고 저리 틀고 안절부절못하고 한숨만 푹푹 쉬고 있었다.

"집사님, 정빛나 이사장을 만나기가 겁이 나는가 보군요?"

"권사님, 그래요. 우리 빛나 오른팔에 큰 점이 있었어요. 그 점이 자라면서 없어질 리가 없는데 점이 없으니 내 딸이 아니라는 생각은 들지만 이사장님 이름이 빛나라 하니 내가 더 확인을 해야겠어요."

"집사님, 이사장님 팔에 점은 없다지만 이름도 같고 집사님 느낌이 그렇다면 딸일 수도 있겠다 싶네요. 자세히 확인하는 것이 좋겠어요."

"권사님, 그래요. 그래야겠어요. 이사장 팔에 점이 흔적도 없지만 그러나 얼굴은 빛나 어렸을 때와 비슷한 데가 많았어요. 회장님 친딸이 아니라면 내 딸이 맞아요. 회장님한테 친딸이냐고 물을 수도 없고 답답하군요."

"집사님, 그건 그래요. 어떻게 그런 말을 할 수 있겠어요? 마른하늘에 날벼락 치는 말이 아니겠어요? 함부로 엉뚱한 생각은 하지 말아요. 제가 정빛나 이사장 입에서 자연스럽게 나올 수 있도록 유도해보겠어요."

"권사님, 그래 줄 수 있어요? 그렇게 해주시면 좋겠네요."

"집사님, 내가 그러려고 따라가는 것 아닌가요? 염려하지 말아요. 내가 산 세월이 있는데 그 까짓것 눈치껏 할 수 있어요."

"권사님, 고맙군요. 빛나 이사장과 눈만 마주쳐도 내 가슴이 콩닥콩닥 뛰는 것이 예사스러운 일은 아닌 것 같아요. 나와 인연이 있는 것은 확실해요."

"집사님, 집사님이 평생 동안 딸을 그리워하며 살았으니 오죽했겠어요? 더군다나 이름도 같고 얼굴까지 닮았다고 하니 이해가 갑니다. 목마를 텐데 차 한 잔 하시지요."

안영선 권사는 김미란 집사가 측은한 마음이 들어 커피를 꺼내 권하고 있었다.

"권사님, 감사합니다. 성경에 세상 즐거움을 버리고 오직 예수님만 믿으며 살라 했는데 어쩌면 그 말은 거짓말 같아요. 나는 내 딸을 만나면 내 딸과 함께 춤을 추며 세상을 유람하며 즐겁게 살고 싶어요."

"집사님, 이 땅에서의 영화는 잠시, 순간이에요. 하늘나라에서 하나님과 함께 영원히 살아야지요. 집사님께서 딸을 사랑하는 마음에 그런 생각도 들겠지만 그것은 위험한 생각입니다. 우리는 천국에 가서 살날을 약속한 사람들이니까요. 딸은 찾아야 하지만 딸과의 즐거움은 오래 끌지 말고 하나님 품 안으로 돌아오는 것이 좋겠어요."

"권사님, 그런가요?"

"그럼요. 우리는 하나님의 딸들이에요. 이 세상 즐거움을 너무 좋아하지 말아요."

김미란 집사는 뭔가 불만이 있는 듯한 눈치였다.

"집사님, 서울역에 다 왔어요."

"권사님, 벌써 서울에 다 왔어요?"

"예, 집사님."

〈 12 〉

"권사님, 이놈의 세월은 자기 마음대로 가고 있군요. 나는 아직 만날 준비도 못했는데……."

김미란 집사는 조타자 성도나 정빛나 이사장을 만나기가 겁이 났던 것이다.

"집사님, 여기서 대산병원에 택시를 타고 가요."

"그래야지요. 대산병원이 어디에 붙어 있는지 모르는데 택시로 갑시다."

두 사람이 택시를 타고 가고 있는데 정빛나 이사장한테서 전화가 왔다.

"예, 이사장님, 저 김미란 집사예요."

"집사님, 오늘 오시기로 한 것 아닌가요?"

"이사장님, 맞아요. 저 지금 병원에 막 도착했어요."

"집사님, 잘 오셨어요. 다른데 들르지 말고 바로 이사장실로 오세요. 제가 기다리고 있겠습니다."

"예, 이사장님."

김미란 집사는 전화를 끊고 마치 딸을 만난 것처럼 싱글벙글 웃고 있었다.

"집사님, 지금 온 전화가 정빛나 이사장 전화가 아닌가요?"

"권사님, 맞아요. 이사장님이에요. 목소리만 들어도 하늘을 날아갈 것처럼 기분이 좋군요."

"집사님, 정빛나 이사장이 집사님 딸이었으면 좋겠네요."

"권사님, 이사장이 내 딸이 아니라 해도 상관이 없어요. 내가 딸이라고 생각하고 있으니까요. 이사장실로 올라가요."

김미란 집사는 이사장실로 올라가다가 갑자기 넋이 나간 사람처럼 우두커니 서서 앞을 바라보고 있었다.

"집사님, 왜 그래요? 왜 가다가 멈춘 거예요?"

"권사님, 저 땡중이 여기까지 오다니 그 사람과 보통 사이가 아니군요?"

"집사님, 그렇지요? 제가 뭐라 했어요? 그렇고 그런 사이라고 말했잖아요?"

"권사님, 저 땡중한테 그 사람과 그렇고 그런 사이인지 직접 들어야겠어요."

그때, 스님이 가까이 와 말하고 있었다.

"집사님도 조성두나 원장님 병문안 오신 거군요?"

"스님, 그렇다면 어쩔 건데요?"

"집사님, 왜 다짜고짜 시비를 걸고 있어요? 너무 황당하군요. 교회 집사란 사람이 그러면 안 되는 것 아닌가요?"

"스님, 교회 집사도 사람이에요. 스님 같은 파렴치한 인간을 보고 가만히 있을 사람은 없어요. 나 같았으면 스님은 벌써 요절이 났어요. 우리 집사님이나 되니까 참고 있는 거예요."

"권사님, 그건 무슨 말씀이에요? 내가 어쨌다고 그런 말씀을 하시는 거예요?"

"저런 땡중이 있다니! 남의 남자를 넘보면서 중의 탈을 쓰고 엉뚱한 말을 하고 있는데 그러고도 중이라고 행색을 하고 있느냐?"

"권사님, 이번에는 권사님까지 왜 그래요? 억지 부리지 말아요. 내가 무슨 남의 남자를 넘보고 있다는 거예요?"

"허허, 저런 땡중을 봤나? 땡중이라 그럴 듯하게 거짓말도 잘 하고 있는데 네가 그 사람 곁에서 빙빙 돌며 꼬드기고 있으면서 억지라는 것이냐?"

"권사님, 말을 함부로 하고 있군요? 그래가지고 천국에 갈 수 있겠어요? 하긴, 교인들은 교회에서는 간까지 빼줄 것처럼 하고 있지만 밖에서는 반대로 행동하는 사람들이 많으니 그럴 수 있겠지만 입조심해요."

"땡중 당신, 우리가 정곡을 찔러 횡설수설하고 있는 것 같은데 그만 조타자 성도님 곁에서 떠나는 것이 좋을 것이다."

"집사님, 뭘 떠나라는 거예요? 나는 떠나고 할 것도 없는 사람이에요."

"저런, 저런, 미친 땡중이 있다니…… 어쩜 저렇게 얼굴색 하나 변하지 않고 능청을 떨고 있는 것이냐? 권사님, 이제 보니 저 땡중이 보통 능구렁이가 아니군요? 땡중 당신은 그럼, 조타자 성도님과 무슨 관계냐? 말해봐라."

"집사님, 오해하고 있군요? 나는 조성두나 원장님하고는 친구이고 사업 파트너일 뿐이지 더 이상은 아무 관계도 아니에요."

"말은 그럴 듯하게 포장하고 있군. 남녀가 친구라면서 붙어 다니는데 그 말을 믿을 사람이 있겠느냐? 나는 못 믿겠으니 병문안 왔다면 그만 떠나라. 그 사람 곁에서 계속 알짱거렸다가는 내가 땡중 당신을 더 이상 가만두지 않을 것이다."

"집사님, 보자보자 하니까 하늘을 뛰어오르고 있는데 가만두지 않으면 어떻게 할 건데요?"

"땡중, 꼭 이렇게까지 해야 되겠느냐? 너는 내 손에 죽을 수도 있다. 조심해라."

"집사님, 나도 인간이에요. 집사님 손에 죽을 바에야 같이 죽을 수밖에 없겠군요. 그럽시다."

"땡중, 다, 당신……."

"집사님……."

두 사람은 동시에 서로를 부르고 그 자리에서 쓰러져 기절하고 말았다.

'어, 어? 이건 또 무슨 변이란 말이냐? 두 사람이 동시에 쓰러지다니? 이 두 사람은 아무래도 전생에서부터 원수였나 보다. 한 사람은 교회 집사고, 한 사람은 중이고……. 그것도 만나기가 쉽지 않은데 한 사람을 두고 싸우다니 세상 사람들이 다 웃을 일이군.'

안영선 권사는 그런 생각을 하며 간호사를 불러 두 사람을 응급실로 옮기고 간호사에게 정빛나 이사장한테 연락해달라고 부탁하고 있었다.

"간호사님, 이사장님한테 연락을 해야겠어요."

"보호자 분, 이사장님한테 연락을 해달라니요? 왜요? 이분들이 우리 이사장님을 알고 있나요?"

"간호사님, 알고 있는 정도가 아니에요. 더 깊고 깊은 관계예요."

간호사는 알 수 없다는 듯이 고개를 설레설레 저으며 전화를 걸고 있었다.

"이사장님, 응급실인데요. 스님하고 어떤 아주머니가 쓰러져 오셨는데 보호자 분께서 이사장님께 연락을 해달라고 하네요.

보호자 분 바꿔드릴까요?"

"간호사, 그럴 필요 없어요. 내가 지금 응급실로 가겠어요."

조금 뒤 정빛나 이사장이 응급실로 부랴부랴 뛰어 들어왔다.

"간호사, 스님은 어디 있고 또 한 분은 어디 있어요?"

"이사장님, 저 방에 두 분 다 계세요."

이사장은 스님과 김미란 집사를 보고 놀라고 있었다.

"안영선 권사님, 그것 참 별일이군요? 집사님은 엊그저께도 그러더니 왜 병원에 오자마자 쓰러진 거예요?"

"이사장님, 구례 병원에서는 잃어버린 딸이 그리워 그랬지만 오늘은 스님과 옥신각신 다투다 쓰러졌으니 크게 걱정할 일은 아닌 것 같네요."

"권사님, 두 분이 다툴 때 머리 뜯고 싸운 거예요?"

"이사장님, 그건 아니에요. 말로 싸우다 기절했으니 크게 걱정할 일은 아닐 거예요."

"권사님, 그렇다면 곧 깨어나겠군요. 그런데 그 말씀은 무슨 말씀이에요? 잃어버린 딸 때문이라니? 그럼, 집사님한테 잃어버린 딸이 있었어요?"

"이사장님, 그래요. 집사님한테 그런 깊은 사연이 있었어요."

"아아, 그런 사연이 있어서 엊그저께 내 팔을······."

정빛나 이사장은 이제야 김미란 집사의 행동이 이해가 되는지 아무 말 없이 고개를 주억거리고 있었다.

"이사장님, 집사님은 그래서 이사장님이 딸 같은 생각에 무례한 행동을 했다고 하셨어요. 아니, 이사장님을 딸이라고 생각하고 있어요."

"권사님, 나도 집사님 옆에 있으면 젖 냄새가 나는 것이 내 엄마가 아닐까 수없이 생각했어요. 집사님이 우리 엄마였으면 좋겠네요."

"이사장님, 그럼, 이사장님은 회장님 친딸이 아니군요?"

"예, 맞아요. 나는 지금 아빠 친딸이 아니에요. 나를 입양해 키워주셨어요."

"이사장님, 그렇다면 틀림없군요. 이사장님이 집사님 딸이에요. 그런데 이상하군요? 집사님께서 말하기를 자기 딸 오른팔에 붉은 점이 있다고 했는데 이사장님은 점이 없으니 딸은 아닌 것도 같고……. 그것 참, 이것을 어떻게 풀어야 할지 모르겠네요."

"권사님, 지금 뭐라고 했어요? 오른팔에 붉은 점이라고 했나요?"

"예, 이사장님, 그래요. 집사님은 그래서 죽음을 각오하고 확인을 했다고 했어요."

"허허, 이런 기막힌 일도 있다니……. 내가 어렸을 때 오른팔에 붉은 점이 있었는데 지금 엄마가 그 점이 보기 싫어 뺐다고 했는데…… 그럼, 김미란 집사님이? 이런 불가사의한 기적이 있다니! 아무튼, 좀 더 확인을 해야겠구나."

"이사장님, 확인할 것 없어요. 김미란 집사님이 이사장님 친엄마가 틀림없어요. 집사님이 깨어나시면 이사장님이 딸이라고 말해야겠어요."

"권사님, 서두르지 말아요. 집사님이 쓰러졌는데 깨어나자마자 말하면 충격으로 또 쓰러질 수 있어요. 그리고 집사님은 정밀 검사를 받아야 하는데 검사를 받고 난 후에 기회를 봐 천천히 이야기해요. 또 점 그것만으로는 부족해요. 지금까지 내 부모라고 나를 속인 사람들도 한두 사람이 아니에요. 유전자 검사를 하기 전에는 나는 믿을 수 없어요."

"이사장님, 지금 같은 세상에 그럴 수 있겠네요. 그럼, 검사 결과가 나온 후에 말해야겠군요. 아무튼, 집사님이 행복해질 수 있겠다 싶으니 내가 다 기쁘군요."

"이사장님, 이 두 분은 정말 이상해요. 하수봉 과장님께서도 깨어날 때가 되었는데 저러고 있으니 세상에 이런 일은 처음이라면서 몹시 걱정을 하시다가 조성두 환자 분께서 깨어나셔서 그분께 가셨어요. 그런데 이 분들은 벌써 10시간째예요."

"간호사, 저 분은 병을 짊어지고 사는 분이라 그런 것 아닐까요?"

"이사장님, 하수봉 과장님께서 저쪽 분은 암 수술을 받을 때 바이러스가 달팽이관을 건드려 어지럼증이 생겨 쓰러질 수 있다지만 오늘 같이 말다툼하다 쓰러질 그 정도는 아니라고 했어요. 그러니 그것은 아닐 거예요."

"그렇다면 그것도 아닌데 긴 시간 동안 저렇게도 못 깨어나다니 이상하군요?"

"이사장님, 곧 깨어나겠지요."

하수봉 과장이 들어오면서 말하고 있었다.

"하 과장님, 이 두 분은 왜 못 깨어나고 있는 거예요? 이런 일이 전에도 가끔씩 있었어요?"

"이사장님, 없었어요. 저도 이런 경우는 처음이라 뭐라고 말씀드릴 수가 없군요."

"하 과장님, 이 두 분은 나한테 아주 소중한 분들이에요. 말다툼하다 쓰러졌다니 깨어나겠지만 너무 오래 있는 것 같아 걱정이군요."

"이사장님, 저도 의사 생활 35년을 했지만 이런 경우는 처음 보는 일입니다. 이쪽 환자분은 옛날에도 오랫동안 병원에 있었던 것 같지만 지금은 크게 걱정할 일이 아닌데 이 무슨 운명의 장난인지 모르겠네요."

"하 과장님, 집사님은 깨어나야 해요. 빨리 깨어나게 해주세요."

"아주머니, 이 두 분은 아픈 환자가 아니고 말다툼하다가 쓰러졌다니 할 수 있는 것이 별로 없어요. 하늘에 맡겨야지요."

"권사님, 과장님 말씀이 맞아요. 좀 더 두고 봐요."

"이사장님, 우리 집사님은 평생을 눈물로 살아온 사람이에요. 저렇게 오래 있게 할 수 없어요. 정말 다른 방법은 없을까요?"

"권사님, 저도 가슴이 파삭파삭 타들어가고 있는 심정이에요. 두 분은 나와 하늘에서 맺어준 인연이 있는 분들이에요. 우리 병원에서 할 수 있는 것은 다 하고 있으니 너무 다그치지 말아요. 그러다 조금이라도 실수하면 평생을 두고 후회할 수도 있어요."

그때, 간호사가 하수봉 과장을 부르고 있었다.

"과장님, 빨리 와보세요. 두 분이 이번에도 동시에 깨어났어요."

"오 간호사, 밖에 말이 새어 나갈 수 있으니 큰소리로 말하지 말아요."

"과장님, 왜 그런 말씀을 하시는 거예요? 무슨 문제라도 있어요?"

"오 간호사, 한 분은 교회 집사이고 한 분은 스님이에요. 그러니 이상하지 않아요? 동시에 기절했다가 몇 시간 지난 후에 또 동시에 깨어난 것이 어쩌면 하늘에서 세상에 내린 어떤 메시지가 아닌가 하는 생각이 들어요. 그러니 신중하게 처리하는 것이 좋을 듯싶어요."

"과장님, 그렇군요? 그런데 이상해요. 두 분은 꼭 원수처럼 깨어나자마자 말없이 서로를 쳐다보고만 있어요. 과장님, 저 두 분은 교회 집사와 스님으로 살면서 뭔가 깊은 사연이 있는 것 같군요. 왜 저리 눈싸움만 하고 있을까요?"

"그러게요. 교회 집사와 스님이 저렇게 서로를 앙숙처럼 대하다니 이것 또한 세상에 없는 일이 벌어지고 있는 것 같은데 저도 처음 보는 일이군요."

"과장님, 오 간호사, 저 두 분은 서로 잘 아는 사이가 아닌가 생각이 들어요. 좀 더 지켜봅시다."

"이사장님, 저 두 사람은 철천지원수지간이에요. 저 땡중이 건너지 말아야 할 강을 건넜거든요."

"권사님, 그건 또 무슨 말씀이에요? 건너지 말아야 할 강을 건넜다니요?"

"이사장님, 저 땡중이 집사님이 평생을 보고 싶고 그리워했던 조타자 성도님을 넘보고 있어요. 그래서 만나면 서로 티격태격 싸우는데 우리 집사님이 오늘도 실은 그래서 뷰에 못 이겨 기절했던 거예요."

"권사님, 두 분께 그런 사연이 있었어요?"

"예, 이사장님."

그때, 김미란 집사가 가월유발 스님을 보고 말하고 있었다.

"스님, 우리가 부모 때려죽인 원수도 아닌데 척을 지고 아옹다옹 싸울 필요가 없을 것 같네요. 염라대왕이 말한 대로 종교가 다르다고 미워하지 말고 이 세상에 머물러 있는 동안 잘 지냈으면 좋겠어요."

"집사님, 그래야지요. 그럽시다. 강물처럼 흘러가는 세월, 이렇게 살든 저렇게 살든 욕심 없이 살다가는 것이지요. 집사님, 우리가 저 높은 하늘나라에서 만났던 염라대왕이 했던 말을 여러 사람이 있는 데서 말했으면 좋겠네요."

"그래야지요. 이 세상 사람들한테는 목숨 같은 말인데…… 그래요. 스님이 먼저 말씀하세요."

"아니요. 집사님이 먼저 하시는 것이 좋겠어요."

"두 분 지금 여러 사람 앞에서 뭐하고 있는 거예요?"

오 간호사가 참다못해 말하고 있었다.

"간호사님, 우리 두 사람은 저 머나 먼 하늘나라에서 염라대왕을 만났거든요. 세상에 알리는 것이 좋겠다 싶어 하는 거예요."

"스님, 아직도 잠에서 못 깨어나고 있어요? 무슨 헛소리를 하고 있는 거예요? 어떻게 그런 일이 있다는 거예요? 염라대왕은 우리 인간이 죽어야 만나는 것 아닌가요? 미안해서 그렇다면 두 분 더 이상 아무 말씀도 하시지 마세요. 이승과 저승을 갔다 왔다 하는 그 같은 불가사의한 기적은 이 세상에서 일어나지 않아요."

"간호사님, 흥분하지 말아요. 우리는 똑같은 장소에서 두 눈 멀쩡히 뜨고 염라대왕과 이야기하다 깨어났어요."

"집사님, 그것 참 재미있군요. 집사님께서 마귀한테 홀린 것 같은데 염라대왕이라니요? 염라대왕은 없어요. 천국에는 오직 우리 하나님밖에 없어요. 그 죄를 어떻게 감당하시려고 그러세요? 더 이상 입도 뻥긋하지 말아요."

"권사님, 천국에 하나님이 계시는지 모르지만 집사님과 나는 분명히 염라대왕을 보았고 염라대왕과 이야기하다 깨어났어요. 우리가 여기서 나가면 다시는 못 만날 것 같아 말하고 싶었던 거예요."

"스님, 스님이 꿈같은 이야기를 자꾸 하고 있는데 좋아요. 그럼, 집사님한테 염라대왕이 뭐라고 말하던가요?"

"권사님이 내 말을 믿을지 모르지만 염라대왕이 옥황궁전이란 곳에서 화려하고 눈부시도록 찬란한 황금 의자에 앉아 있었는데 어떻게 보면 도깨비상 같고 어떻게 보면 호랑이상 같은 무서운 얼굴을 하고 우리를 보더니 미간을 찌푸리고 한참 동안 말 없이 있다가 옆에 있던 업경 대거울을 보고 화가 난 듯 명부차사란 사자를 불러 우리는 아직 저승에 들어올 때가 아닌데 데려왔다고 호통을 쳤어요. 그런데 명부차사 사자가 자기가 한 짓이 아니라고 울먹이자 염라대왕은 무척 괴로운 듯 눈물을 흘리며 어찌하여 저승에서 이런 일이 일어난 것이냐며 혼잣말 같이 구시렁대다가 저승사자를 불렀는데 저승사자가 실수로 우리를 데려왔다고 하자 염라대왕은 노발대발하여 팔딱팔딱 뛰면서 바로 저승사자를 감옥에 가두라고 명령을 했어요. 그리고 집사님한테 저승에서 부르지 않았으니 이승으로 다시 내려가 남의 인생 도둑질하지 말고 집사님 인생 알아서 살라 했고, 때가 되면 부른다 했어요. 그리고 예수님을 믿고 예수님이 살고 있는 천국에 가는 자는 천만 명 중에 한 사람이라고 하면서 부처를 믿는 자는 지옥에 떨어진다는 그런 거짓말도 하지 말고 살다 오라며 슬픈 듯 눈물을 흘리며 언성을 높여 말을 했어요."

"그것은 마귀가 염라대왕으로 둔갑해 하는 소리군. 집사님, 저 스님한테는 염라대왕이 뭐라고 하던가요?"

"권사님, 스님한테도 나와 비슷한 말을 했는데 열을 내는 것이 스님한테 불만이 많은 듯 부처를 믿는다고 다 부처가 살고 있는 극락세계에 가는 것이 아니라면서 혼이 극락세계에 가 인간의 옷을 입는 자는 5백만 명 중에 한 명이라고 하면서 예수님이나 부처를 믿지 않아도 죄에 따라 무릉도원이나 지옥에 떨어진다고 했어요. 그리고 우리를 인간 세상에서 선택받은 자들이라 하면서 지구 세상에 가서 전하라고 한 말이 있어요. 인간은 죄를 먹고 사는 동물이지만 살생은 가장 무서운 죄이니 지옥에 떨어지지 않으려면 살생하지 말고 죽이고 싶도록 원한은 사지 말라 하셨고, 예수님이나 부처님을 비방하지 말고 이웃을 사랑하고 자비를 베풀며 덕을 쌓는다면 예수님이 살고 있는 천국이나 부처님이 살고 있는 극락에 가지 않아도 무릉도원에 가 살 수 있다고 말했는데 그것은 어쩌면 염라대왕이 술에 취해 한 말 같기도 해요. 그러면서 남은 인생 지금처럼 잘 살다 오라고 한 것 같았어요."

"염라대왕이 나이가 들어 노망을 했군. 어떻게 그런 말을 할 수 있고, 하나님의 딸인 집사님한테 그런 말을 할 수 있어요?"

"권사님, 저도 이 세상에서 너무도 많은 사람이 죽어 하늘나라에 갔기 때문에 어쩌면 염라대왕이 횡설수설할 수 있겠다 싶어 염라대왕이 보았던 업경 대거울을 보았는데 어떤 사람이 칼로 사람을 죽이는 장면도 있었고 어떤 사람은 총으로 참새를 죽이는 장면도 지나갔어요. 나는 교회에 나와 하나님을 믿고 천국에 가라고 전도하는 것 말고는 더는 볼 수 없었어요. 그것이 내가 인생이 즐겁게 사는 것을 도둑질한 것이 아닌가 싶어요."

"호호호. 집사님, 두 분이 꿈을 꾼 것을 말하고 있는데 마귀가 장난치고 있었던 거예요."

"권사님, 그렇지요? 염라대왕을 만난다는 것은 우리가 죽어야 만난다고 하는데 집사님과 스님이 살아 있으니 꿈을 꾼 것이라 생각할 수 있겠네요."

"오 간호사 생각도 그래요?"

"예, 그런 생각이 들어요. 그러나 좀 이상하기는 해요. 한 분은 교회 집사님이시고 한 분은 스님이신데 마귀든 염라대왕이든 간에 꿈에 나타나 그런 말을 했다는 것은 세상이 깜짝 놀랄 일은 틀림없어요."

"오 간호사님, 꿈일 뿐이에요. 신경 쓰지 말아요. 하늘나라에는 우리가 믿는 하나님밖에 없어요."

"권사님, 그래요. 이 세상에 살아가는 우리 인간이 하늘나라 하나님 뜻을 어떻게 알겠어요? 그냥 마귀가 하는 소리니 웃고 넘어가야지요."

"하 과장님, 아까 간호사 말이 조성두나 원장님께서 깨어나셨다고 했는데 정말인가요?"

"예, 이사장님. 조성두나 원장님한테 무슨 기적이 일어난 것 같아요. 오늘 깨어나지 않으면 앞으로 깨어나기 힘든 아주아주 위험한 환자가 갑자기 손을 휘젓자 불빛이 번쩍이더니 깨어났는데 이 같은 불가사의한 기적은 조성두나 원장님이 살라는 하늘의 뜻이 아닌가 싶어요."

"하 과장님, 아무튼, 다행한 일입니다. 오늘은 우리 병원 최고 기쁜 날이군요. 축하 파티를 열어야겠어요."

"이사장님, 조성두나 원장님이 깨어나셨지만 아직은 기뻐해야 할 일은 아닌 것 같군요."

"하 과장님, 왜요? 왜 그렇다는 거예요? 조성두나 원장님한테 큰 문제라도 있나요?"

"이사장님, 좀 더 두고 봐야겠지만 오늘 중으로 일어설 수 있다면 모를까 못 일어날 수도 있어요."

"하 과장님, 그럼, 큰일이군요? 빨리 가요."

정빛나 이사장과 하수봉 과장, 스님이 나가자 김미란 집사는 소리 없이 울고 있었다.

〈 13 〉

"아이고, 아이고, 이놈의 인간, 불쌍해서 어찌한단가? 제 새끼를 보고도 못 일어난다면 목숨이 끊어진 거나 다름이 없는데 하나님, 저 불쌍한 인간을 살려주십시오."

김미란 집사는 울면서 기도하고 있었다.

"집사님, 진정해요. 성도님한테 아무 일 없을 거예요. 오늘 같이 꽃보다 좋은 날 이러지 말아요. 하나님께서 집사님한테 최고로 좋은 선물을 주신 날이에요."

"권사님, 지금 누구 염장 지르고 있는 거예요? 이 마당에 그런 말이 나와요? 나는 이제 하나님도 믿을 수 없어요."

"집사님, 흥분하고 있군요? 마음을 가라앉혀요. 하늘나라에서 염라대왕이 했다는 말은 마귀가 한 말이고 꿈이에요. 집사님한테 최고 좋은 날이 딸을 만나는 날이 아닐까요?"

"권사님, 맞아요. 그러나 그것은 내가 꿈을 꾸고 있는 것이지 그날이 오겠어요?"

"집사님, 하나님께서 최고 선물을 주신다고 제가 말했잖아요?

곧 딸을 만나는 기쁜 소식이 있을 거예요. 조타자 성도님이 깨어나면 집사님한테 그 기쁜 소식이 있을 거예요. 제가 장담할 수 있어요."

"권사님, 그렇다면 좋겠지만 나 같은 죄인한테 그런 행운이 올까요?"

"집사님, 집사님은 죄인이 아니에요. 염라대왕이 했다는 말은 그것은 꿈이었어요. 우리는 세상 즐거움도 버리고 하나님한테 영광을 돌리고 사는데 죄인이라니요? 죄인은 천국에 들어갈 수 없어요. 집사님과 나는 천국에 들어가 살 거예요."

"권사님……."

김미란 집사는 안영선 권사를 부르고는 입을 열 수 없었다. 자꾸 하늘나라에 예수가 사는 천국도 있고 석가가 사는 극락도 있다는 염라대왕이 했던 말이 머리에서 떠나지 않아 마음이 갈대처럼 흔들리고 있었기 때문이다.

"집사님, 권사님 말씀이 맞아요. 저도 하나님을 믿고 있거든요. 마음 흔들리지 말아요. 우리는 하나님만 믿으면 천국에 가 살 수 있어요. 이사장님께서 집사님을 각별히 챙기고 계시는데 특별한 관계가 있는 것이 아닌가 생각이 들어요."

"간호사님, 기독교인이라니 반갑군요. 나는 이사장님과 특별한 사이는 아니지만 내 마음은 항상 이사장님한테 가 있어요.

이심전심이라 했던가요? 아마, 그래서 그랬을 거예요."

"집사님, 꼭 그래서 그런 것이 아니에요. 조금 있으면 세상이 놀랄 핵폭탄이 터질 거예요."

"권사님, 왜 내 마음을 자꾸 흔들고 있는 거예요? 안 그래도 염라대왕을 생각하면 이리 갈까 저리 갈까 흔들리고 있는데 엉뚱한 말만 골라 하고 있군요?"

그때, 정주영 회장이 들어왔다.

"집사님, 몸은 괜찮아요? 빛나 이사장한테 들었어요. 웃지 못할 일들이 벌어졌다는데 그것으로 끝나 한시름 놓았지만 병을 고치러 왔다가 그런 일이 생겨 더 심해지는 것은 아닌지 걱정이 컸어요."

"회장님, 엊그저께도 그렇고 오늘도 소란을 피워 제가 몸 둘 바를 모르겠네요. 이놈의 팔자가 왜 그런지 죽고 싶은 마음뿐이에요. 정말 죄송합니다."

"집사님, 그런 말씀 말아요. 우리 인생 별 거 있나요? 이래도 한세상 저래도 한세상 흘러가는 세월 그냥 살다가는 것이지요."

"회장님, 그렇지만 저 같은 인생 부끄럽네요."

"집사님, 집사님과 내가 살아가는 차이가 조금 있다는 것뿐이에요. 집사님께서 진단을 받으러 오셨으니 받아야지요. 저와 같이 병원장실로 가요."

"회장님, 제가 민폐만 끼쳤는데 회장님께서 번거롭게 그러실 필요 없어요. 저 혼자갈 수 있어요."

"회장님, 집사님은 제가 모시고 가겠습니다."

"권사님, 권사님께서 머나 먼 부산에서 집사님을 모시고 온 것 같은데 제가 기분이 좋아지는군요. 우리가 사는 세상이 이웃을 내 몸같이 사랑하는 그런 세상이어야 살기 좋은 세상이 되는 거예요. 같이 갑시다."

"회장님, 감사합니다. 우리 집사님은 딸만 찾으면 그까짓 병 같은 것은 감쪽같이 나을 거예요. 저는 확신할 수 있어요."

"권사님, 집사님한테 그 같은 사연이 있었어요?"

"예, 회장님. 회장님께서는 모르시고 계셨던 것 같은데 집사님께서는 잃어버린 딸 때문에 병이 생긴 거예요."

"가만, 그게 무슨 말씀이에요? 딸을 잃어버리다니? 집사님한테 어쩌다 그런 일이 있었던 거예요?"

"회장님, 그것은 제가 창피하기도 해 어디에도 하소연할 수 없는 부끄러운 일이니 못 들은 것으로 해주세요."

"집사님, 제 슬하에 세 남매가 있지만 그 애들 모두 제가 입양해 키웠어요. 그래서 자식을 잃어버린 부모가 눈앞에서 자식을 애타게 찾고 있는데 나 몰라라 할 수가 없군요. 자식을 잃어버린 사연을 듣고 싶어요."

"회장님, 제가 말해도 될까요?"

안영선 권사는 이때다 싶어 얼른 말하고 있었다.

"권사님, 그래요. 권사님이 알고 있다면 말씀해주세요."

"회장님, 실은, 회장님 딸 정빛나 이사장님과 집사님은 떨어질 수 없는 그런 관계예요."

"권사님, 확인도 안 된 일인데 심증만 가지고 아직 말하지 마……."

김미란 집사는 안영선 권사를 말리다 또 쿵 쓰러지고 말았다.

"집사님, 무슨 쇼를 그렇게 심하게 하는 거예요? 이번이 세 번째예요."

"권사님, 쇼라니요? 집사님께서 어지럼증이 있어서 그랬을 거예요. 빨리 병원장실로 옮겨야겠어요. 간호사! 간호사!"

"예, 회장님."

"이 분을 병원장실로 옮겨요."

"회장님, 이 분은 몇 시간 전에도 쓰러져 염라대왕 어쩌고저쩌고 횡설수설했었는데 응급실로 가는 것이 어떨까요?"

"간호사, 가까이 있는 병원장실로 옮겨요."

"예, 회장님."

간호사들은 정주영 회장 눈치를 보며 김미란 집사한테는 불만이 많은 듯 투덜거리며 안 좋은 시선으로 바라보면서 옮기고 있었다. 김충식 병원장은 회장님이 방문한다는 말에 대기하고 있었는데 환자가 들어오는 바람에 놀라 하마터면 쓰러질 뻔했다가 간신히 정신을 차리고 환자를 진료하기 시작했다.

"회장님, 이 환자분은 곧 깨어나겠지만 하루 이틀 치료해서 나을 병이 아니군요?"

"병원장님, 그래서 이사장이 이 병원으로 모신 거예요. 최고 의료진으로 최선을 다해주세요."

"예, 회장님, 최선을 다하겠습니다."

"병원장님, 우리 집사님은 이 병원 저 병원 다니면서 침도 맞고 물리치료도 받고 했지만 혈이 막혀 고칠 수 없는 병이라 평생을 짊어지고 다녀야 한다고 진단받았어요. 고칠 수 있는 거예요?"

"아주머니, 치료를 해봐야 알겠지만 나을 수도 있겠다 싶네요. 권사님이라니 기도나 해주세요."

"예, 병원장님. 하나님께서 우리 집사님을 꼭 지켜주실 거예요."

안영선 권사는 김미란 집사 손을 잡고 기도하고 있었다.

"병원장님, 환자가 깨어나면 VIP병실로 옮기고 수간호사로 교체시켜 주세요."

"예, 회장님."

정주영 회장은 말을 하고 가월유발 스님이 말한 것을 생각하며 조성두 원장이 있는 병실로 가다 넋을 놓고 생각에 잠겼다.

'빛나 친부모가 가까이 있다 했는데 그럼, 김미란 집사가? 어쩐지 인연이라 생각했는데 그렇군.'

"아빠, 무슨 생각을 그렇게 골똘히 하고 계시는 거예요?"

"빛나야, 김미란 집사가 네 생모라는 생각이 드는구나. 자세히 알아보는 것이 좋겠다."

"아빠, 아직은 아니에요. 저도 권사님한테 집사님 딸이 오른팔에 점이 있었다는 것을 들었지만 아직은 아니에요. 유전자 검사를 하기 전에는 누구도 믿지 않을 거예요."

"빛나야, 그래, 네 말이 맞다. 지난번 일 때문에 네가 입은 상처가 클 텐데 신중하게 생각하자. 조성두 원장님 상태는 어떠냐? 일어난 것이냐?"

"예, 아빠, 다행히 원장님은 말씀도 하시고 지금은 천극도원을 걱정하고 계세요."

"그럼, 됐다. 그만하니 다행이다. 그런데 너는 어디 가려고 나오는 것이냐?"

"아빠, 저 집사님한테 가보려고요."

"빛나야, 이것이 나와 네 팔자인 것 같다. 어떻게 이렇게 얽히

고설키다니……. 이런 일이 일어나리라고는 꿈에서도 생각지 못했다. 아무튼, 네가 네 생모 가까이 있는 것 같아 아빠는 한시름 놓았다. 기분이 좋구나."

"아빠, 저도 그래요. 친부모님을 만날 날이 가까이 왔다는 생각은 들어요. 그러나 세상 사람들한테 또 웃음거리가 되지 않을까 걱정은 돼요. 집사님이 엄마란 심증은 변함없지만 유전자 검사를 확인하기까지 김미란 집사님이 내 엄마인지 하나하나 확인하고 있으니 곧 알게 될 거예요."

"빛나야, 그래, 이번에는 믿음이 간다만 서두를 일은 아니다. 천천히 한 발, 한 발 다가가자."

"회장님, 언제 오셨어요? 오셨으면 들어오시지 않고 빛나 공주님하고 무슨 말씀을 하시는 거예요?"

가월유발 스님이 조성두나 병실에서 나오다 두 사람을 보고 말하고 있었다.

"스님 원장님, 조성두나 원장님이 말도 하신다면서요?"

"예, 회장님. 이 모든 것이 공주님 정성 때문이지요. 이제 조성두나 원장님은 퇴원해 천극도원으로 내려가도 될 것 같네요."

"스님 원장님, 아직은 아니에요. 그것은 무리예요. 2, 3일 더 치료받고 가시는 것이 좋겠어요."

"공주님, 조성두나 원장님이나 내가 이런 호강에 빠져 있을 때가 아니에요. 우리를 믿고 맡기신 회장님께서 실망하신다면 우리는 인간의 탈을 쓰고 살 수 없어요."

"공주님, 가월유발 스님 말씀이 맞아요. 우리는 세상에 어떤 풍파가 몰아친다 해도 살기 좋은 세상을 만들 거고 그때까지는 하늘나라 염라대왕이 오라해도 가지 않을 거예요."

나는 병실에서 나가면서 말을 하고 있었다.

"조성두나 원장님, 기적이 일어났군요! 고마워요. 그만해 천만다행이에요. 반가워요."

"회장님, 고맙습니다. 저는 죽어도 회장님 뜻을 이루고 죽을 거예요. 그러니 보내주세요."

"원장님, 빛나 이사장 말대로 하세요. 2, 3일 더 치료를 받고 가시는 것이 좋겠어요."

"회장님, 꼭 그렇다면 하루만 더 있겠습니다. 병실에서 들으니 김미란 집사님과 안영선 권사님도 여기 오신 것 같은데 그분들과 나는 어울리지 않지만 서울까지 오셨다니 보고 싶군요."

"원장님, 김미란 집사님께서 원장님이 누워 계실 때 얼마나 울었는지 몰라요. 김미란 집사님이 원장님을 하늘처럼 생각하고 계신 것 같았어요."

정빛나 이사장은 조성두나 원장과 김미란 집사의 관계를 떠보기 위해 꾸며낸 말을 하고 있었다.

"공주님, 농담도 잘하시는군요? 집사님이 나를 살려준 은혜는 있지만 물과 기름처럼 어울리지 않아요. 집사님이 이 병원에 있다니 보고는 가겠어요."

"원장님, 그러세요. 집사님은 VIP병실에 있을 거예요."

"회장님, 집사님이 VIP병실에 있다니요? 그럼, 입원해 있다는 말씀이세요?"

"예, 원장님. 집사님도 오래 전부터 병마에 시달려와 충격을 조금만 받아도 쓰러져요. 이번에도 딸을 그리워하는 마음에 충격을 받아 쓰러졌을 거예요."

"회장님, 집사님이 저한테 딸 어쩌고저쩌고 여러 번 이야기한 것 같은데 딸이 있다는 것은 몰랐어요."

"조성두나 원장님, 그 딸의 아버지가 원장님인가 보군요. 안영선 권사님과 김미란 집사님이 나한테 남의 남자를 넘보며 꼬드기고 있다고 해서 저는 엉뚱한 걸로 사람 잡고 있다고 생각했었는데 이제 보니 원장님과 집사님이 그런 사이였군요? 이제야 알 것 같아요. 미안해요."

"스님 원장님, 우리는 옛날에 3일간의 불장난으로 끝난 사이에요. 그것은 그들이 억지를 부리고 있는 말이에요. 신경 쓰지 말아요."

"조성두나 원장님, 3일 만에 끝났다 해도 만리장성을 쌓을 수 있어요. 뭔가 있는 것이 확실해요."

정빛나 이사장은 스님 말을 듣고 엉엉 목 놓아 통곡하고 있었다.

"공주님, 왜 그러세요? 왜 갑자기 서럽게 우시는 거예요? 제가 실수라도 한 거예요?"

"아닙니다. 저도 모르게 눈물이 나오네요."

"빛나야……."

정주영 회장도 딸을 부르며 눈에 눈물이 그렁그렁 맺혀 있었다.

"아빠, 이것이 제가 꿈을 꾸고 있는 것은 아니겠지요?"

"빛나야, 꿈을 꾸다니 꿈이 아닐 것이다. 그러니 침착해라."

"아빠, 친부모님이 지척에 계시는데 이대로 있다간 죽을 것 같아요."

정빛나 이사장은 내 앞으로 와 말은 못하고 펑펑 울고만 있었다.

"공주님, 이 무슨 엉뚱한 짓이에요? 낯 뜨거워 못 있겠네요."

나는 서둘러 김미란 집사가 있는 병실로 가고 있었다.

"스님 원장님, 제 아빠, 엄마가 지척에 살아 계실 거라는 생각은 전혀 못했는데 이런 불효자가 어디 있어요? 저는 어쩌면 좋아요?"

정빛나 이사장은 슬픔에 얼굴을 가리고 마음속으로 통곡을 하고 있었다.

"공주님, 공주님께서는 확신은 가지만 아빠라고 불러보지 못하고 기다려야 하는 그 심정이 얼마나 오죽할까요? 저도 울고 싶네요."

"스님, 스님이 말씀하실 때 제가 조금만 눈을 크게 떴다면 여기까지 오지 않았을 텐데 후회가 되네요."

"빛나야, 이 아빠가 부족한 탓이다. 이제 지난 세월은 잊어버리고 네 생각이 그렇다면 네 생부와 생모를 만나는 것은 시간이 말해줄 것이다."

"아빠, 그래요. 김미란 집사님과 조성두나 원장님이 제 친부모님이란 생각에는 변함이 없어요. 그러나 어색한 만남보다 아름다운 만남이 더 좋을 것 같네요. 집사님과 조성두나 원장님 머리카락도 이미 확보했으니 오늘밤 안으로 유전자 검사를 맡겨야겠어요. 검사 결과가 나온 후 내 아빠, 엄마를 부르고 싶어요."

"공주님, 집사님이 앓고 있는 병 때문에 오셨다면 이 병원에 며칠은 있어야 할 것이고 조성두나 원장님도 내일 천극도원에 가지만 멀리 떠나 있는 것이 아니니 그것도 좋겠네요. 회장님, 조성두나 원장님은 우리 인간이 생각할 수 없는 세월과 친구하며 살아가는 사람이에요. 물론, 조성두나 원장님은 욕심 없이 지금처럼 살다가겠다고 하겠지만 더 큰 것을 맡겼으면 좋겠네요."

"스님, 그 말씀은 조성두나 원장님한테 보다 더 힘을 실어주라는 뜻이 아닌가요?"

"회장님, 그래요. 조성두나 원장님은 욕심 없이 살다가 아름답게 세상을 떠나고 싶어 하는 사람이지만 때가 왔다 싶어요. 천극도원을 조성두나 원장님이 단독으로 운영했으면 해요. 저는 애당초 조성두나 원장님과 오래 끌고 갈 생각이 없었어요. 절은 주지스님이 맡아 하실 거고 저는 관리만 하고 부처님 말씀대로 살면서 제 인생을 살고 싶어요. 중이 모양새도 없이 엉뚱한 짓을 한다고 사람들이 수군대는 것도 싫고요. 저는 여기서 끝내는 것이 좋겠어요."

"스님, 스님 생각이 꼭 그러시다면 그렇게 하겠습니다. 그러나 스님은 스님 나름대로 더 큰일을 하셔야 할 것입니다."

"회장님, 그 말씀은 무슨 말씀이에요? 더 큰일을 해야 하다니?"

"스님, 천극도원 주위 10만 평이 스님 이름으로 되어 있으니 앞으로 그 땅에 과일수도 심어 생산 효과를 내 10년 후에는 천극도원을 운영해야 하니 그래서 하는 말입니다."

가월유발 스님은 정주영 회장 말에 피식피식 웃고 있다가 회장 눈치를 보며 말하고 있었다.

"회장님, 그거야 제가 멀리 떨어져 있는 것도 아니고 가까이에서 매일 조성두나 원장님을 보게 될 테니 그것은 염려하지 말아요. 조성두나 원장님과 그것 가지고도 이미 계획을 세워놓고 있어요. 그리고 직책은 없다지만 저도 천극도원 한가족이에요. 가족으로서 내 임무는 다할 것입니다. 회장님, 그래서 하는 말인데 제 부탁 하나만 더 들어주셨으면 합니다."

"스님, 말씀하세요. 스님이 하늘의 별을 따다 달라고 하면 따다 드리겠습니다."

"회장님, 농담도 그럴 듯하게 하세요. 제 부탁은 천극도원에 수천 명이 상주하고 있는데 의사 한 분이라도 있었으면 좋겠다 싶어 말씀드리는 거예요."

"아빠, 스님 생각이 맞아요. 갑자기 환자가 발생했을 때 구례 병원으로 가야 하는데 가까운 거리가 아니잖아요?"

"공주님, 그래요. 그래서 하수봉 과장님을 천극도원에 상주시켰으면 합니다."

"스님 원장님, 원장님 말씀대로 하수봉 과장님과 간호사도 두 사람 정도 천극도원에 상주할 수 있도록 하겠습니다."

"공주님, 감사합니다. 조성두나 원장님께서도 기뻐하실 거예

요."

"빛나야, 유전자 검사를 하겠다면 얼른 갔다 오너라."

"아참, 아빠, 그래야겠어요. 저 다녀오겠습니다."

"그래, 얼른 갔다 오너라."

"회장님, 이사장님은 어디 가는 거예요?"

"고문님, 어젯밤 늦게까지 병원에 있었는데 좀 더 쉬었다 오시지 친구 걱정 때문에 빨리도 오셨군요? 빛나 이사장은 급히 가볼 데가 있어서 가는 거예요."

"회장님, 정두섭 불자님께서는 조성두나 원장님과 죽마고우이신데 어련하시겠어요? 정두섭 불자님, 앞으로 천극도원은 조성두나 원장님이 단독으로 운영하실 거예요. 불자님께서 아낌없이 도와주세요."

"스님은 그럼 물러나겠다는 거예요?"

"불자님, 저는 애당초 이 일에 끼어들 생각이 없었어요. 조성두나 원장님께서 거절하기에 적임자가 거절한다 싶어 조성두나 원장님을 설득하기 위해 이 일을 함께 시작한 것뿐이에요."

"그렇군요? 그렇다면 잘 되었군요. 나도 중동 사업을 끝으로 고문직을 그만둘까 했었는데 우리 남은 세월을 함께해요."

"불자님, 또 농담하시는 거예요? 나는 중이에요. 정두섭 불자님과 어울리지 않아요. 그런 이야기는 더 이상 하지 말아요."

"스님, 아니요. 나는 죽을 때까지 내 마음속에서 스님을 떠나 보낼 수 없어요. 그러니 스님께서는 천극도원을 떠나지 말고 조성두나와 함께했으면 좋겠어요."

"불자님, 그건 지나친 생각이에요. 받아줄 수 없어요. 조성두나 원장님은 회장님과 하늘에서 맺어준 깊고 깊은 인연이 있어요. 이제는 당연히 조성두나 원장님이 단독으로 운영을 해야 할 때가 되었어요. 더 이상 아무 소리 하지 말아요."

"스님, 그것은 또 무슨 말씀이에요? 하늘에서 맺어준 인연이라니? 그날 선셋 카페에서 처음 만난 인연을 말하는 거예요?"

"불자님, 그보다 더 깊은 인연이 있어요. 조만간 세상이 깜짝 놀랄 일이 벌어질 거예요. 기대해보세요."

〈 14 〉

"회장님, 그렇다면 천극도원을 무궁화재단으로 설립해 조성두나 원장이 깨어나면 재단 이사장으로 추대하는 것이 어떨까요?"

"고문님, 그래요. 아주 좋은 생각이군요? 고문님은 생각하는 것이 역시 보통 사람과 다른 데가 있군요? 그럽시다. 고문님께서 이 일을 맡아 빠른 시일 내에 추진해주세요. 같은 날 발표하는 것이 좋겠습니다."

"회장님, 뭘 같은 날 발표하신다는 거예요?"

"정두섭 불자님, 회장님께서 그런 것이 있어요. 더는 묻지 마시고 무궁화재단이 빠른 시일에 허가가 나도록 신경을 써주십시오."

"스님, 좋아요. 스님까지 이야기하시는데 제 온힘을 다해 빠른 시일에 사업자등록이 나도록 하겠습니다. 그런데 조성두나 이 친구는 어디 갔어요? 어젯밤만 해도 사경을 헤매고 있었던 사람이 깨어나 벌써 퇴원할 리는 없는데 안 보이네요?"

"두섭이, 나 여기 있네. 두섭이 자네 어젯밤 늦게까지 내 병실에 있었다고 하던데 고마워. 이 고마움 평생을 두고 잊지 않겠네."

나는 눈물을 글썽이며 말을 하였다.

"친구, 어떻게 된 거야? 어젯밤만 해도 병원장님이 살아날 가망이 없다고 했는데 기적이 일어나다니! 하늘에서 도운 것 같은데 그렇게 다녀도 괜찮은 게야?"

"친구, 이제 나는 괜찮네. 이 모두가 이 병원 이사장님이신 빛나 공주님 덕분이지만 세월이 나를 살렸어."

"세월이 살리다니? 꿈속이라면 몰라도 어떻게 그런 일이 있다는 거야?"

"친구, 아마도 내가 살 운명이었겠지."

"하긴, 천야만야 절벽에서 떨어져도 살 운명이라면 산다지만 믿을 수 없군."

"친구, 세상 사람 누구도 믿지 않을 테니 그렇다는 것만 알고 있어."

"그것 참……. 세상사 간혹 가다 우리 인간은 상상도 할 수 없는 일들이 벌어지니 그것도 그렇다면 믿을 수밖에 없겠군. 아무튼, 기쁜 일이군."

"친구, 나 내일 퇴원할 생각이네."

"이 사람, 그게 또 무슨 소리야? 내일 퇴원하다니? 아무리 보이지 않는 세월이 신통방통하게 살렸다지만 교통사고 후유증을 생각해야지."

"두섭이, 나를 이렇게 만든 상대방은 내가 병원에 오래 있으면 보험 처리를 한다지만 얼마나 가슴이 아프겠는가? 그 사람도 생각해야지."

"역시 무궁화재단 이사장다운 생각이군. 남을 생각하는 마음을 갖고 살아야 살기 좋은 세상이지."

"회장님, 무궁화재단 이사장이라니요? 여기 그런 사람이 어디 있다고 하시는 말씀이에요?"

"조성두나 원장님, 있어요. 그나저나 김미란 집사님께서는 어떻게 하고 있던가요? 깨어나셨어요?"

"예, 회장님. 집사님께서는 깨어나셨는데 나와 무슨 원한이 있는지 모르나 나를 보고 싶지 않다며 병실에 들어오지 못하게 해 할 수 없이 집사님 얼굴도 못 보고 돌아오는 중입니다."

"집사님께서 원장님한테 무슨 오해가 있는가 보군요? 제가 치료하는 동안 잘 말해보겠습니다. 너무 섭섭하게 생각하지 말아요."

"회장님, 제가 내일 퇴원해 김미란 집사님을 보지 못하고 가더라도 천극도원에서 기다리고 있겠다고 전해주십시오."

"원장님, 그래요. 꼭 전하겠습니다. 우리도 며칠 후에 천극도원에 가 며칠간 쉴까 합니다."

"회장님, 공주님과 같이 오십시오. 공주님한테 신세를 졌는데 갚아야지요. 기회를 주신다면 저는 편안히 세상을 살 수 있을 것 같네요."

그 이튿날, 나는 퇴원해 가월유발 스님과 함께 정주영 회장이 내준 차를 타고 천극도원으로 가고 있었다.

"원장님, 저는 이제 그만 천극도원에서 손을 떼고 절에 더 많은 시간을 가질까 합니다. 그러니 천극도원은 원장님이 소신껏 밀고 나갔으면 좋겠습니다."

"스님, 그 무슨 뚱딴지같은 말씀이세요? 나 혼자는 그 큰 사업을 밀고 나갈 수 없어요. 농담이라도 그런 말씀은 하지 마세요."

"원장님, 원장님은 혼자가 아니에요. 앞으론 김미란 집사님께서 저보다 백 배, 천 배 더 도와주실 거예요."

"스님 원장님, 저를 그렇게 가지고 놀고 싶으신가요? 저와 김미란 집사는 어쩌면 전생에서 원수였던 것 같아요. 교회 집사란 것 때문에 겉으로는 하나님 어쩌고저쩌고 하면서 그럴 듯하게 말하지만 속으로는 비수를 꽂고 살아가는 사람 같아요. 나는 겁이 나 이제는 상대하기도 싫어요. 김미란 집사와는 절대 함께하는 그런 일은 없을 거예요. 저는 스님 원장님과 함께하는 것만

이 천극도원에서 일할 수 있어요. 제가 싫어도 그런 말씀은 더 이상 하시지 마세요."

"원장님, 이익을 내는 사업이 아니라지만 제 그릇이 부족하고 중은 중으로 살아야 하지 않을까요? 제가 기절해 염라대왕을 만났을 때 제가 살아가고 있는 세상이 들통날까봐 조마조마했어요. 물론, 큰 죄를 짓고 살아가고 있는 것은 아니지만 저는 그때 사람은 하늘에서 내려준 운명대로 살아야 한다는 것을 깨달았어요. 맞지 않은 옷을 입고 살아갈 수 없어요. 저는 옛날과 같이 살다가 저승에 가고 싶어요. 저를 그만 놓아주세요."

"스님 원장님, 그럼, 회장님과 상의하는 것이 어때요? 저 혼자 결정할 수 있는 일이 아니지 않아요?"

"원장님, 정주영 회장님께서도 제 뜻을 받아주실 거예요. 우리 천극도원에 다 왔어요. 내려요."

"예, 스님 원장님. 우리 천극도원에 오니까 마음에 평화가 오는 것이 여기가 천국이고 극락이라는 생각이 드는군요."

"원장님, 저도 그래요. 이 세상이 얼마나 아름다운 세상인지 실감이 나는군요."

'묘하군. 저렇게 즐거워하는 세상을 버리고 부처님 품안으로 돌아가겠다니 세상사 어렵다. 어려워.'

나는 고개를 설레설레 저으며 그런 생각을 하고 있었다.

"조성두나 원장님, 완쾌하셨군요? 축하합니다."

김달수 지배인이 와 말하고 있었다. 김달수 지배인은 가월유발 스님이 서울에 가면서 임명한 천극도원 호텔 지배인이다.

"김달수 지배인님, 감사합니다. 우리 천극도원에서 일하게 되었다고 스님 원장님한테 들었어요. 우리 손을 잡고 함께 일해 봅시다."

"원장님, 감사합니다. 저 같은 사람을 받아주시다니 열과 성을 다하겠습니다."

"지배인님, 마음을 비우고 산다면 행복이 찾아오는 거예요. 제가 욕심 없이 그렇게 살고 있거든요."

"원장님, 그런 것 같네요. 저도 욕심을 다 내려놓으니 제 마음이 이렇게 편할 수가 없어요. 여기가 하늘나라 세상이라는 생각이 들어요. 원장님, 저를 여기서 뼈를 묻게 해주세요."

"지배인님께서 그러시다니 제 기분이 좋군요."

"원장님, 원장님은 머지않아 세상이 너무너무 아름다워 춤을 추며 사실 거예요."

"스님 원장님, 그럼, 원장님은 세상 살아가는 것이 즐겁지 않다는 거예요?"

"저도 즐거워요. 그러나 원장님은 저와 처음 만났을 때 세상이 싫어 원망하고 살았지만 앞으로는 저 하늘의 별보다 더 반짝

반짝 빛을 내며 살 거예요."

"스님 원장님, 내가 그렇게 사는 게 지금이 아닌가요? 내가 아무런 보수도 없이 마음을 비우고 즐겁다 생각하고 사니까 하루하루 사는 것이 꿈속에서 사는 것 같아 정말 행복해요. 그래서 병원에 있을 때 꿈이라면 깨지 말라고 빌고 있었어요."

"원장님, 제가 중이다 보니 혼자 기쁨보다 두 사람 기쁨이 더 크다는 것을 저도 병원에 있을 때 알았어요. 원장님은 두 사람 기쁨을 누리며 세상에 빛을 뿌리고, 날개를 달고 훨훨 춤을 추며 사실 거예요."

"스님 원장님, 저를 비행기 태우고 있군요? 저는 가진 것 없지만 지금이 최고의 행복이다 생각하고 스님과 같이 이 길을 가고 있어요. 비행기 태우지 말아요. 그러다 떨어지면 저는 죽어요."

"조성두나 원장님, 내가 비행기 태우는 것이 아니에요. 세상사 바람 맞지 않고 사는 사람은 없어요. 원장님이 지금 살고 있는 것은 바람처럼 지나가고 바람이 지나간 뒤에 오는 삶은 행복이 넘쳐나 세상이 아름다워 날이면 날마다 춤을 출 거예요."

"스님 원장님이 지금 소설을 쓰고 있는데 장난치지 말아요."

"조성두나 원장님, 저도 원장님께서 지금은 이렇게 살지만 머지않아 지금보다 더 밝은 빛을 세상에 뿌리겠다는 생각은 들어요. 김달수 지배인님, 그렇지요? 지배인님께서도 그런 생각이 들지요?"

"예, 스님 원장님."

김달수 지배인은 신이 나 싱글벙글 웃으며 스님과 맞장구를 치고 있었다.

그 뒤로 며칠이 지나자 천극도원으로 올라오는 길목에 자가용 수십 대가 새까맣게 올라오고 있었다. 나는 깜짝 놀라 스님 원장을 찾고 있었다.

"스님 원장님, 어디 계세요?"

"원장님, 저 여기 있어요. 무슨 일이세요?"

"저, 저기를 보세요. 우리를 잡으러 오는 것이 아닌가요? 우리 천극도원에 저렇게 많은 차가 한꺼번에 들어올 리 만무하잖아요? 어쩌면 이 천극도원에 문제가 있는 것 같은데 어쩌지요?"

나는 죄를 지은 것도 없으면서 벌벌 떨고 있었다.

"조성두나 원장님, 죄 지었어요? 죄 지은 것도 없으면서 왜 벌벌 떨고 있는 거예요? 우리 떳떳하게 저들을 맞이합시다."

가월유발 스님은 피식피식 웃으며 말하고 있었다. 나는 스님 보기가 창피하기도 하고 부끄럽다는 생각도 들었지만 용기를 내 말을 하였다.

"스님 원장님, 우리에게 죄가 있다면 모두 내가 뒤집어쓸 테니 스님 원장님은 절에 가 숨어 있으세요."

"호호호. 기분 좋은 말씀이군요. 이렇게 좋은 날은 내 생애 처음인가 봅니다."

"스님 원장님, 어쩌면 그렇게 그런 말이 술술 나와요? 나는 사지가 뒤틀리고 간이 벌렁벌렁해 죽을 지경인데 원장님은 간도 큰 것 같군요."

시간이 얼마나 흘러갔는지 차들이 천극도원 호텔 앞에 하나씩, 하나씩 주차를 하고 있었다. 처음 들어온 차에서 김미란 집사와 정빛나 이사장이 내리고 다음 차에서는 정주영 회장이 내려 약속이나 한 듯 거리를 두고 내가 있는 쪽으로 오고 있었고 다른 차에서 내린 사람들은 가월유발 스님이 달려가 호텔로 안내하고 있었다.

'이 무슨 도깨비장난이라는 것이냐? 그럼, 스님 원장님과 사전에 계획된 일이란 건데 스님 원장님도 믿을 수 없을 것 같군.'

나는 가월유발 스님한테 배신감이 들어 멍하니 파란 하늘만 쳐다보고 있었다. 정빛나 이사장은 계획된 일이라지만 친아빠가 하늘만 져다보고 있는 것이 초라해 보여 가슴이 찢어지는 아픔이 전신을 마비시키고 있었다. 그렇다고 당장 달려가 아빠라 부를 수도 없었다. 아빠한테 딸이 있다는 것을 꿈에서도 생각하지 못한 일일 텐데 갑자기 딸이라고 나타난다면 충격을 받아 쓰러지지나 않을까 하는 걱정 때문에 어떻게 하는 것이 현명한 방법인지 궁리를 하고 있는데 정주영 회장이 슬그머니 다가와 속삭이듯 말하고 있었다.

"빛나야, 네 친아빠가 지금 굉장히 혼란스러운 것 같다. 우리가 네 친아빠한테 먼저 알렸어야 했는데 실수한 것 같구나. 어쩌면 좋으냐?"

"아빠, 이제 되돌릴 수도 없는 일이잖아요?"

"그거야 그렇지. 그것은 맞다."

정주영 회장은 난생처음으로 큰 실수를 한 것 같아 딸 앞에서 안절부절못하고 있었다.

"성도님, 뭘 그렇게 넋이 나간 사람처럼 하늘만 쳐다보고 있어요? 때가 왔어요. 딸을 만나야지요."

"권사님, 놀랐잖아요. 도둑고양이처럼 언제 오셨어요?"

"성도님, 저는 한 시간 전에 도착했어요. 성도님께서 딸을 그리워하는 마음이 얼마나 간절할까 싶어 말을 못하고 있었던 거예요."

"권사님, 내 딸하고는 오늘 아침에도 전화 통화했고 걔는 잘 살고 있어서 딸 걱정은 하지 않고 살고 있으니 괜히 엉뚱한 관심을 갖는 척하지 말아요. 아무튼, 오셨으니 하나님만 의지하면 천국에 간다는 말만 믿고 헛된 세월만 보내지 말고 세상을 어떻게 사는 것이 잘 살다가는 것인가 느꼈으면 좋겠네요."

"성도님, 우리는 천국에 가 살 거예요. 그것은 염려하지 말아요. 그런데 또 다른 딸이 있었군요? 저는 몰랐어요. 그 딸은 잘 해주고 있나요?"

"예, 권사님. 걔 엄마하고는 사별했지만 그 애만 믿고 사는 거지요."

"어쩐지 세상 기쁘게 생각하고 산다했는데 그런 효녀가 있었군요? 그럼, 지금부터는 딸이 하나 더 생겨 두 배의 기쁨을 누리며 살겠네요?"

"권사님, 나는 빈털터리 인생을 살고 있지만 지금이 최고의 영광이고 행복하다 생각하고 살고 있어요. 여기서 더한다면 욕심이지요. 지난날 세상 사람들한테 속고 살아서 땡전 한 푼 없이 살아온 세월도 내 팔자이고 여기까지 와 이렇게 사는 것도 어쩌면 내 운명이다 생각하지만 자기 분수에 맞게 살아야 한다는 생각에는 변함이 없어요. 나한테 더 이상의 기쁨은 없어요. 지금이 나한테는 최고의 기쁜 날들이고 앞으로도 그렇게 살 거예요. 그런데 딸이 하나 더 있다니 그런 귀신 씻나락 까먹는 소리 하지 말아요."

"성도님, 성도님한테 재벌 딸이 또 있어요. 곧 나타날 거예요."

"하하하. 아주아주 재미있군. 딸이 하루아침에 천사처럼 나타나다니 동화책을 쓰고 있는 거예요?"

"성도님, 제가 동화책을 쓰고 있는 것이 아니에요. 제가 확인을 했어요."

"조성두나 원장님, 권사님 말씀이 맞아요. 빛나가 원장님 딸이에요."

언제 왔는지 정주영 회장이 말하고 있었다.

"회장님까지 왜 그러세요? 안 그래도 스님 때문에 혼란스러운데다가 저 호텔에 들어간 사람들 때문에 정신이 어지러워 갈피를 못 잡고 있는데 내가 돌아버리기 전에 그만 여기서 멈춰요. 이러다 정신이상자가 된다면 회장님을 평생 못 보고 살지 몰라요."

"원장님, 저 사람들은 빛나 지인들이 대부분이고 기자들이에요. 너무 염려하지 말아요."

"아빠, 제가 아빠 딸 빛나예요. 아빠와 만남의 기쁨을 세상에 알리고 싶었고, 아빠가 집필하신 '하늘나라 극락과 천국' 소설을 홍보하기 위해 기자들을 모신 거예요."

"허허, 미치고 환장하겠네. 내가 쓴 소설을 홍보한다는 것은 고마우나 내가 공주님 아빠라니 이 무슨 엉뚱한 짓이에요? 공주님 보기가 부끄럽네요."

"조성두나 원장님, 원장님이 지금까지 집필하신 소설이 출판비만 날려 원장님을 생각해서 이번에 집필하신 '하늘나라 극락과 천국' 소설을 홍보하기 위해 공주님께서 기자들을 부른 것 같은데 공주님과 관계를 운명이다 생각하고 받아들이세요."

"성도님, 스님이 말을 참 잘하네요. 성도님이 진짜 빛나 이사장님 친아빠예요. 그래서 성도님이 집필하신 소설도 홍보하기 위해 기자들을 부른 거예요."

"김미란 집사님, 어떻게 이런 일이 있다는 거예요? 소설이야 그렇다지만 공주님이 내 딸이라니? 신이 나를 가지고 놀고 있다면 몰라도 믿을 수 없는 일이 아닌가요? 집사님과 나는 옛날, 그 옛날에 딱 하룻밤으로 끝난 사이로 벌써 반세기가 지났는데 무슨 그런 엉터리 같은 쇼를 하고 있어요?"

"아빠, 믿으세요. 여기를 보세요. 이것은 아빠와 저의 유전자 검사 결과이고 이것은 엄마와 나와의 유전자 검사 결과지에요."

정빛나는 유전자 검사 결과지를 내밀며 나한테 달려와 내 가슴에 얼굴을 파묻고 엉엉 통곡하고 있었다.

"아빠, 일찍 알아보고 아빠를 불렀어야 했는데 죄송해요. 저를 용서해주세요."

"이사장님, 그게 어디 이사장님 잘못인가요? 우리 모두가 엉뚱한 곳에 신경을 쓴 것이 잘못이지요."

"권사님, 그건 그래요. 우리가 이 세상의 어렵지 않은 일도 해결하지 못하면서 저 머나 먼 하늘나라만 생각하며 뜬구름 속에서 살았기 때문에 여기까지 오게 된 것이지요."

"스님, 그것은 맞는 말 같네요. 지난날 제가 스님한테 무례를 저지른 점 용서해주세요."

"권사님, 그래요. 저는 벌써 잊었어요. 그리고 우리 천극도원에 들어오면 남을 미워하는 마음은 잊고 서로 사랑하며 더 아름다운 세상을 만들자는 것이 우리의 바람이에요."

"스님, 그것이 하나님이 이 세상을 사랑하는 마음이라는 생각이 드는군요. 저도 부처님을 미워하지 않고 그런 뜻이라면 동참하고 싶네요."

"집사님, 정말이에요?"

"스님, 그래요. 하늘나라에서 염라대왕을 만나보니 천국에 가는 것도 쉽지 않고 내 이웃을 사랑하며 죄 짓지 않고 살다가는 것이 좋겠다 싶어요. 우리 서로를 미워하지 말고 스님은 스님이 믿는 부처님 가르침대로 살고, 나는 예수님 성경 말씀대로 살고 싶어요. 우리 살아가는 동안 그렇게 살아요."

"집사님, 그럽시다. 잘 생각하셨어요. 우리가 이 세상에 살아있는 동안 손을 잡고 서로 사랑하며 아름다운 세상 즐겁게 살아갑시다."

"조타자 성도님, 아니, 빛나 아빠, 어차피 바람처럼 지나갈 인생, 지나간 세월은 잊어버리고 돌아오는 세월은 세상이 아름답다 생각하고 즐겁게 살다 갑시다."

"집사님, 그래요. 그렇게 살아요."

"엄마, 고마워요. 이 아름다운 세상 아빠와 함께 남은 세월 즐겁게 살아요."

정빛나는 말을 하고 나의 손을 잡고 김미란 집사 앞으로 가 펑펑 울고 있었다.

"공주님, 유전자 검사 결과를 보니까 공주님이 내 딸 맞는 것 같네요."

나는 기어들어가는 목소리로 말을 하고 하늘에 종달새가 지저귀며 훨훨 춤을 추며 날아가는 것을 바라보며 눈시울을 적시고 있었다.

"아빠, 제 이름은 빛나예요. 빛나라고 불러주세요."

"원장님, 그래요. 공주님께서 꿈에서도 그리워하는 아빠를 만났는데 얼마나 듣고 싶은 말이겠어요? 공주는 거리감이 있잖아요?"

"성도님, 스님 말씀이 맞아요. 반세기 동안 꿈도 꿀 수 없는 일들이 잠에서 깨어나 눈부시게 찬란한 태양을 바라보고 있는데 빛나 이름을 부르고 꼭 껴안아주세요."

"권사님, 감사합니다. 내가 꿈을 꾸고 있는 것은 아니겠지요?"

"그럼요, 꿈이 아니에요."

"아빠······."

"빛나야······."

두 부녀는 꼭 껴안고 한참을 소낙비가 내리는 것처럼 울고 있었다.

"성도님, 그만 우시고 딸과 만났으니 이제 우리 집사님과도 정식으로 만남이 이루어져야 하지 않을까요?"

"옳거니, 권사님 말씀이 맞아요. 내가 그 동안 집사님한테 수없이 많은 눈총을 받은 것 같은데 오늘부터는 원장님을 떳떳하게 만날 수 있을 것 같네요. 원장님, 집사님한테도 가 그 동안의 긴긴 세월 아름답게 살았다고 말해주세요."

"스님······."

나는 스님을 불러놓고 말을 못하고 있었다.

"스님 원장님, 권사님, 두 분의 만남은 견우와 직녀가 만나는 것과 같은데 여기는 너무 초라하지 않을까요? 보다 더 많은 사람이 있는 곳에서 화려한 만남이 이루어지는 것이 좋지 않을까요?"

"회장님, 그것 또한 맞는 말이군요. 내일 현판식 전에 세상에서 가장 아름다운 만남이 이루어졌으면 좋겠네요."

스님과 안영선 권사는 이구동성으로 말하고 있었다.

그 이튿날, 천극도원은 축제 분위기였다. 천극도원에 있는 수천 명은 마치 자기 일처럼 부산하게 움직이고 있었다. 천극도원 간판 옆에 파란 천이 가려져 있었는데 어떤 새로운 이름이 나타날지 천극도원에 있는 사람들뿐만 아니라 어제 들어온 귀빈들까지도 궁금해 하고 있는 것이 역력했다. 낮 12시가 가까워지자 김달수 지배인이 마이크를 들고 나타나 말을 하였다.

"천극도원 가족 여러분, 그리고 귀빈 여러분, 오늘의 주인공 두 분을 소개하겠습니다. 조성두나 원장님과 김미란 집사님, 나와 주세요."

나는 갑자기 내 이름을 부르자 벌벌 떨고만 있었다.

"아빠, 왜 떨고 계시는 거예요? 나도 있고 엄마도 있으니 이제는 세상 무서워 말아요. 앞으로 엄마가 이곳에 계시면서 아빠를 도와줄 거예요. 그리고 지금 아빠가 이곳에 운영비로 주시는 돈은 지금부터 제가 줄 거예요. 그러니까 아빠가 천극도원을 소신껏 운영하세요."

"조성두나 원장님, 그래요. 빛나가 친아빠한테 효도하겠다는데 어쩔 수 없어 내가 승낙을 한 거예요. 스님 말씀대로 원장님이 세상에 빛을 뿌리며 사는 세상이 온 것 같군요."

"회장님, 빛나 이사장님이 내 딸이라지만 나한테 변한 것은 아무것도 없어요. 어차피 우리 인생 빈손으로 왔다가 빈손으로 떠나는데 나는 지금처럼 변함없이 천극도원 직원으로 무보수로 일하다 하늘나라 극락이든 천국이든 지옥이든 떠날 거예요. 그러니까 더는 아무 말씀도 하지 말아요."

"조성두나 원장님, 그렇지만 재벌 딸을 만났는데 더 행복하게 살아야지요. 저도 집사님과 손을 잡고 원장님이 가는 길을 돕겠습니다. 그러니 원장님께서는 우리 부처님도 예수님도 안 믿는다 하니 여기가 극락이고 천국이다 생각하시고 이곳을 지상낙원으로 만들어요."

"스님, 그것은 좋아요. 그러나 나는 돈의 노예가 되는 일은 하지 않을 거예요."

"성도님, 세상 살다보면 불가사의한 기적이 얼마든지 일어날 수 있는 거예요. 받아들이고 행복하게 살아요."

"조성두나 원장님, 안영선 권사님 말씀이 맞아요. 원장님께서 세월과 친구가 된 것처럼 세상 사람이 상상도 할 수 없는 그 같은 기적은 앞으로 비일비재하게 일어날 거예요. 그러니 그런가 생각하고 받아들이고 사세요."

"허허, 그것 참……."

세상사 즐거움도 슬픔도 즐기며 살라 하더니 이것이 내 팔자인가 싶어 나는 멍하니 하늘만 바라보고 있었다.

"아빠, 앞으로 아빠는 세상이 아름답다 생각하고 꽃길만 걸을 거예요. 아빠, 나가요."

나는 딸 빛나 손을 잡고 김미란 집사와 나가고 있었는데 그때서야 내 얼굴에 웃음꽃이 피기 시작했다. 그러자 수많은 사람들이 우레 같은 박수와 "원장님, 만세! 원장님 만세!"를 산천이 떠나가라 외치고 있었다.

"여러분, 조성두나 원장님이 50여 년 만에 직녀를 만난 소감을 들어봅시다."

"암, 암, 당연하지."

여기저기서 손뼉을 치고 있었다.

"천극도원 가족 여러분, 그리고 귀빈 여러분, 내가 김미란 집사님과 50여 년 만에 만난 것이 꿈만 같기도 하지만 김미란 집사님은 나를 살려준 은인이기도 합니다. 그러니 이 세상에서 우리와 같은 끈질긴 인연도 드물 거라 생각합니다. 그래서 나는 이 세상 끝나는 날까지 이 세상 사람 모두가 내 형제 자매다 생각하고 사랑하며 욕심 없이 이 천극도원에서 살겠습니다. 그리고 내가 마지막이다 생각하고 집필한 책이 출간되었는데 여러분들의 많은 관심을 부탁드립니다."

"원장님이 책을? 그리고 자살을 기도했다니 그런 일도 있었다는 거야?"

여기저기서 수군대고 있었다.

"여러분들, 맞아요. 조성두나 원장님은 파란만장한 인생을 산 것이지요. 그래서 이번에 집필한 책도 하늘나라 극락과 천국을 쓴 것입니다. 기자님들, 조성두나 원장님이 책을 내다보니 살기가 어려워 자살까지 기도했었던 것입니다. 제가 현장에 있었던 사람입니다."

가월유발 스님이 일어나 울면서 말하고 있었다.

"스님, 아주아주 재미있군요. 그런데 스님은 왜 자살을 막지 못했습니까?"

"그러게요. 그래서 저도 죄인처럼 살고 있어요."

"기자님들, 스님은 나를 살리기 위해 온몸을 던지신 분입니다. 그래서 그때 제가 천상의 음악처럼 아름다운 바람소리, 물소리, 새소리도 짧은 순간이지만 들을 수 있어서 얼마나 행복했는지 몰라요. 그때 이 세상이 극락이고 천국이구나 절절하게 생각했어요. 그러니 스님을 더 이상 나무라지 말아주세요. 그리고 스님 말씀대로 내가 책을 내다보니 땡전 한 푼 없는 빈털터리 신세가 되어 자살을 기도했었지만 그래도 소설을 오늘날까지 썼기에 내가 살았다고 생각합니다. 만일, 소설이 없었다면 저는 벌써 이 세상에 없었을 것입니다. 그러니까 소설 때문에 살았으니 억수로 돈을 많이 번 것이지요."

"하하하."

"호호호."

많은 사람들이 이번에는 간드러지게 웃고 있었다.

"조성두나 원장님 소설이 베스트셀러가 되면 많은 돈이 들어올 텐데 지금 같은 마음으로 살 수 있나요?"

"기자님들, 그래요. 나는 하늘에서 돈벼락이 떨어진다 해도 변함없이 소설을 쓰며 예수님 사랑과 부처님 자비를 생각하며 지금처럼 욕심 없이 무보수로 천극도원을 운영할 것입니다. 우리 천극도원은 이익을 내서 하는 사업이 아니라 자선가 도움으로 운영하고 있으니 10년이고 20년이고 운영하는 데는 큰 어려움이 없으리라 생각합니다. 그러니까 여러분들께서도 마음을 비우고 하루에 백 원이라도 남을 생각하는 마음을 가졌으면 하는 바람이고 돈이 없다면 마음만이라도 남을 생각하는 여유를 가진다면 더 없는 아름다운 세상이 되겠다 싶은 생각이 듭니다. 여러분들의 많은 동참을 부탁드립니다."

"그래야지. 하늘나라 극락과 천국이 있는지 없는지 확인도 안 된 것이니 이 종교가 좋다, 저 종교가 좋다 하면서 믿는 것보다 덕을 베풀며 살다가는 것이 잘 살다가는 것이지."

"암, 암, 맞는 말이군. 우리도 조성두나 원장님처럼 천극도원이 세상에 없는 지상낙원이라 생각하고 살아야 되겠군."

장내는 또 다시 술렁거리고 있었다.

"천극도원 가족 여러분, 귀빈 여러분, 오늘 이 자리는 동화책에 나오는 견우와 직녀가 50여 년 만에 만나는 날이기도 합니다. 김미란 집사님과 조성두나 원장님은 제이그룹 정주영 회장님 따님이신 정빛나 대산병원 이사장님을 있게 한 분들입니다. 견우와 직녀의 만남을 축하해주시면 감사하겠습니다."

"두 분의 만남을 축하합니다."

"축하합니다."

여기저기서 박수와 환호성이 터져 나오고 또 한쪽에서는 의심들을 하면서 김미란 집사가 지내온 인생 이야기를 듣고 싶어 하는 사람들도 있었다.

"지배인, 그 동안 김미란 집사님이 혼자서 파란만장한 인생을 살았겠다 싶은데 그 긴긴 세월 어떻게 살았는지 그것 또한 재미있겠네요. 김미란 집사님의 덕담을 들었으면 좋겠는데 다른 분들의 생각은 어떤가요?"

"찬성!"

"찬성!"

"찬성!"

호텔 앞 광장에 모여 있는 수천 명의 사람들 중에 키도 크고 잘생긴 남자가 일어나 얄궂게 말을 하자 수많은 사람들은 찬성을 외치며 환호하고 있었다.

"엄마, 저도 엄마가 지내온 세월이 궁금하네요. 듣고 싶어요."

"내 딸이 그렇다니 할 수 없군."

김미란 집사는 평소처럼 특이한 미소를 짓고 나가 말하고 있었다.

"여러분, 우리 인생사 사는 것은 거기서 거기 별다른 것이 있나요? 저도 여러분이 사는 것처럼 밥 세 끼 먹고 이웃과 어울려 세상이 아름답다 생각하며 살아가고 있어요. 그런 제가 여러분과 다른 점이 있다면 이 세상에서 유일하게 염라대왕을 만나고 온 사람이라는 것입니다. 그래서 그 이야기를 할까 합니다."

"저, 저, 미친 거 아니야? 산 자가 염라대왕을 만나다니? 재벌 딸을 만나 돌아버린 것이 아니냐?"

장내는 금세 또 혼란에 빠지고 있었다.

"여러분, 조용히들 하세요. 집사님 말씀이 맞아요. 나와 같이 하늘나라에서 염라대왕을 만나고 왔어요."

"스님 원장님, 그 말씀이 사실이에요? 어떻게 죽지도 않은 인간이 염라대왕을 만날 수 있어요? 우리를 우롱하고 있는 것이 아닌가요?"

"아니요, 우리는 염라대왕을 만났어요. 우리 두 사람이 기절해 있을 때 꿈같기도 하지만 염라대왕을 만난 것은 사실이에요. 염라대왕이 우리보고 지구가 생기고 우리가 처음이자 마지막이라고까지 했어요."

"여러분, 스님 원장님까지 그렇다니 일단 들어봅시다. 염라대왕이 하늘나라에 있는지 없는지 우리는 꿈도 꿀 수 없는 일인데 염라대왕을 만났다고 하니 그렇다면 이것도 우리들의 크나 큰 영광이고 행운입니다."

"집사님, 스님 말은 믿고 싶어 하면서 집사님 말은 못 믿겠다는 눈치 같은데 그만두는 것이 어때요?"

"권사님, 권사님이 하나님을 만난 것처럼 꿈같기도 하지만 염라대왕이 우리를 보고 인간 세상에서 산 자가 하늘나라에 올라온 것은 우주 신들의 장난이라며 처음이자 마지막이라면서 한 말이에요. 내 말을 믿거나 말거나 이 세상에서 살아가는 우리 인류가 꼭 알아야 할 목숨 같은 말이니 해야겠어요."

김미란 집사는 염라대왕과 약속이라도 한 듯 말하고 있었다.

"우리 인간이 죄를 먹고 살지만 사후세계에서 지옥에 떨어지지 않으려면 살생하지 말고 죽이고 싶도록 원한 사는 일은 하지 말라고 하셨어요. 그리고 내 이웃을 사랑하고 착한 일을 하며 산다면 예수님이 사는 천국이나 부처님이 사는 극락에 가지 않아도 지옥에 떨어지지 않고 무릉도원에 가서 살 수 있다고 했는데 우리 인생, 종교를 믿지 않아도 내 이웃을 사랑하며 덕을 쌓고 사는 것이 하늘나라에서 곳간을 채우는 길이다 싶어요."

"집사님, 그래요. 맞아요. 예수 기독교를 믿으며 불교를 믿는 자는 미신을 믿는다고 지옥에 떨어진다고 야단법석을 떨며 서 짓말을 했는데 집사님께서 이제라도 깨달았으니 세상에 알리는 것이 집사님이 그 동안에 지은 죄를 용서받을 수 있겠다 싶네요."

"조타자 성도님, 그 죄를 어떻게 감당하려고 그런 말을 함부로 하는 거예요? 집사님이 그 동안에 지은 죄라니? 집사님은 하나님에게 영광을, 우리에게 기쁨을 주는 천사 같은 분이에요. 집사님은 천국에 들어가 살 거예요."

"안영선 권사님, 염라대왕이 하늘나라에 예수님이 사는 천국도 있다고 했고 부처님이 사는 극락도 있다고 했다는데 어쩌면 그것이 맞을 거예요. 우리 아옹다옹 싸우지 말고 그렇게 믿고 삽시다."

"아니요. 하늘나라에 부처가 사는 극락이 있다는 것은 마귀가 하는 소리예요. 하늘나라에 극락은 없어요. 오직 하나님이 사는 천국밖에 없어요."

'그것 참, 하늘나라에 갔다 온 자가 없으니 천국과 극락이 있다고도, 없다고도 말할 수 없는데 이것 참 곤란하군. 세월아, 네가 말해주어야겠다. 하늘나라에 예수님이 사는 천국이 있고 부처님이 사는 극락이 있느냐, 없느냐?

'바보 머저리야, 있다면 있는 것이고 없다면 없는 것이다.'
 '맞아, 그것이 맞다. 내가 너를 믿듯이 마음먹기에 달려 있는 것이 맞다. 세월아, 고맙고 나를 살려주어 더더욱 고맙다.'
 나는 안영선 권사와 더 이상 실랑이를 벌이기 싫어 입을 다물어버렸다.
 "안영선 권사님, 나는 오늘부터 천극도원에 상주하면서 가까운 곳에 기도원을 지어 기도하며 내 이웃을 사랑하고, 석가모니가 말하는 자비를 베풀며 우리 딸과 같이 살면서 많은 사람들한테 덕을 베풀며 남은 인생을 살까 합니다. 그러니 권사님도 하나님만 있다고 생각하지 말고 부처님도 이 세상에 있었다고 생각하면서 여기가 천국이다 생각하며 즐겁게 살아요."
 "그것은 잘 생각했군. 남을 사랑하고 자비를 베풀며 사는데 예수 기독교를 믿지 않는다고 지옥에 떨어진다는 것도 거짓말이고, 부처를 믿는 것은 미신을 믿는 것이라는 말도 거짓말이 아닌가 생각이 드는군."
 사회자 김달수 지배인은 하수봉을 쳐다보며 말하고 있었다.
 "김달수 지배인, 김미란 집사님과 스님도 서로 미워하지 않고 손을 잡고 산다는데 우리도 미워하지 말고 이 세상에 살아 있어 기쁘다 생각하고 살아갑시다."
 "하 선생, 좋아요. 그럽시다."

"여러분, 극락과 천국, 무릉도원, 그리고 지옥은 우리가 죽어야 가는 곳입니다. 그러니 이 세상이 극락이고 천국이다 생각하시고 꽃처럼 좋은 날 견우와 직녀 만남의 축하 파티에 모두 다 참석을 부탁합니다. 그럼, 바로 새로운 이름의 현판식이 있겠습니다."

오른쪽에 조성두나 원장, 정주영 회장, 정두섭 고문이 줄을 잡고 긴장된 모습으로 서 있었고, 왼쪽에는 김미란 집사, 정빛나 이사장, 가월유발 스님 순으로 서 있었는데 그들도 얼마나 긴장을 하고 있는지 숨소리도 들리지 않는 고요한 한밤중인 것 같았다.

"여러분, 셋에서부터 셋, 둘, 하나를 외쳐주시고 커튼이 내려질 때 우레와 같은 박수와 환호를 부탁드립니다. 셋부터 하겠습니다. 셋! 둘! 하나!"

"아아, 무궁화재단이다!"

수많은 사람들이 소리를 지르고 우레와 같은 박수 소리가 하늘 끝까지 울려 퍼지고 있는 것 같았다.

"조성두나 원장님, 세상이 시끌시끌하여 혼란스러운데 이 세상이 극락이고 천국이다 생각하고 천극도원에서 예수님 사랑과 부처님 자비를 실천하며 사는 그런 세상을 만들어요."

"그래요. 내가 숨이 깔딱깔딱하고 있을 때 석가모니님이 살고 있는 극락이나 예수님이 살고 있는 천국은 안 갔어도 하늘나라에서 귀신들이 구천에서 하는 소리를 들었는데 인간은 이승에서 숨을 쉬고 사는 것이 극락에서, 천국에서 산다고 한 것 같았어요. 그래야겠어요. 우리 다 같이 아름다운 세상을 만들어요."

"원장님, 어차피 바람 같은 인생, 그럽시다."

수많은 사람들이 한 마디씩 하는 바람에 앞산의 부엉이도 잠에서 깨어나 즐거워 노래를 부르고 있었고, 천극도원에 있는 홍매화도 기뻐서 살랑살랑 춤을 추고 있었다.

※ **하권을 2025년에 출판할 예정임**

조창조 장편소설
하늘나라 극락과 천국

인쇄 2024년 07월 20일
발행 2024년 07월 25일

지은이 조창조
발행인 서정환
펴낸곳 신아출판사

주소 서울시 종로구 삼일대로 32길 36(익선동 30-6 운현신화타워) 305호
전화 (02) 3675-3885, 010-3231-4002
팩스 (063) 274-3131
이메일 sina321@hanmail.net
출판등록 제465-1984-000004호
인쇄·제본 신아문예사

저작권자 ⓒ 2024, 조창조
이 책의 저작권은 저자에게 있습니다. 서면에 의한 저자의 허락없이 내용의 일부를
인용하거나 발췌하는 것을 금합니다.
COPYRIGHT ⓒ 2024, by Cho ChangJo
All rights reserved including the rights of reproduction in whole or in part in any form.
저자와 협의, 인지는 생략합니다.
잘못된 책은 바꿔 드립니다.

ISBN 979-11-94198-10-9 03810

값 15,000원

Printed in KOREA